BASTEI
LÜBBE

Taschenbücher von ROBERT ASPRIN
im BASTEI-LÜBBE-Programm:

20 084 Ein Dämon auf Abwegen
20 085 Ein Dämon kommt selten allein
20 086 Ein Dämon macht noch keinen Sommer
20 109 Dämonenfutter
20 110 Ein Dämon mit beschränkter Haftung
20 137 Ein Dämon für alle Fälle

Geschichten aus der Diebeswelt
20 089 Die Diebe aus Freistatt
20 091 Der blaue Stern
20 093 Zum wilden Einhorn
20 095 Die Rache der Wache
20 098 Die Götter von Freistatt
20 101 Verrat in Freistatt
20 107 Der Krieg der Diebe
20 113 Hexennacht
20 122 Sturm über Freistatt
20 140 Armeen der Nacht
20 149 Die Farbe des Zaubers

Robert Asprin

Ein Dämon macht noch keinen Sommer

Ins Deutsche übertragen
von Ralph Tegtmeier

BASTEI
LÜBBE

BASTEI-LÜBBE-TASCHENBUCH
Fantasy
Band 20 086

1. Auflage: Oktober 1986
2. Auflage: September 1988
3. Auflage: August 1991

Deutsche Lizenzausgabe 1986
Bastei-Verlag Gustav H. Lübbe GmbH & Co., Bergisch Gladbach
Originaltitel: Mything Persons
Titelillustration: Tim Hildebrandt
Umschlaggestaltung: Quadro Grafik, Bensberg
Druck und Verarbeitung:
Brodard & Taupin, La Flèche
Printed in France
ISBN 3–404–20086–1

Der Preis dieses Bandes versteht sich einschließlich
der gesetzlichen Mehrwertsteuer.

I

»Einen gewissen Ruf zu haben, ist ja schön und gut – aber irgendwann wird er zur Plage!«

D. Juan

Es ist sündhaft und befriedigend zugleich, etwas zu tun, von dem man ganz genau weiß, daß man es eigentlich nicht darf. In ungefähr diesem Gemütszustand befand ich mich gerade, als ich mich, mein Frühstück unter dem Arm, einem bestimmten unscheinbaren Zelt im Bazar von Tauf näherte … schuldbewußt, aber selbstzufrieden.

»Entschuldigung, junger Herrrr!«

Ich drehte mich um und erblickte einen alten Täufler, der verzweifelt herumfuchtelnd auf mich zukam. Normalerweise wäre ich einer solchen Begegnung aus dem Weg gegangen, weil Täufler einem nämlich ständig irgend etwas verkaufen wollen, und ich gerade nicht zum Kaufen aufgelegt war, aber da ich keine Eile hatte, beschloß ich, mir anzuhören, was er zu sagen hatte.

»Ich bin froh, daß ich Euch noch rechtzeitig eingeholt habe«, keuchte er. »Für gewöhnlich mische ich mich ja nicht in anderer Leute Dinge ein, aber – wollt Ihr wirklich dort hineingehen?«

»Warum nicht? Ich war gerade dabei …«

»Wißt Ihr, wer hier wohnt?«

»Na ja, eigentlich dachte ich …«

»Das ist die Wohnung des Großen Skeeve!«

Irgend etwas an diesem aufdringlichen Kerl irritierte mich. Vielleicht lag es daran, daß er mich nie aussprechen ließ. Jedenfalls beschloß ich, erst mal auf ihn einzugehen.

»Der Große Skeeve?«

»Habt Ihr etwa noch nie von ihm gehört?« Der Täufler wirkte ehrlich schockiert. »Das ist der wohl mächtigste Zauberer im ganzen Bazar!«

Meine Meinung von dem aufdringlichen Kerl schlug einen Salto, aber das Spiel war zu lustig, um jetzt schon damit aufzuhören.

»Ich habe noch nie allzuviel von Zauberern gehalten«, entgegnete ich mit geheucheltег Beiläufigkeit. »Ich mußte meistens feststellen, daß ihre Kräfte stark überschätzt wurden.«

Der Alte rollte empört die Augen.

»Das mag ja in der Mehrzahl der Fälle stimmen, aber nicht, was den Großen Skeeve betrifft! Wußtet Ihr, daß er Verkehr mit Dämonen pflegt und sich einen Drachen hält?«

Ich gewährte ihm die Gunst des Lächelns eines Manns von Welt.

»Na und? Tauf ist ein Knotenpunkt der Dimensionen. Dimensionsreisende oder, wie Ihr sie nennt, Dämonen, sind hier doch nichts Besonderes. Als Täufler bestreitet Ihr Euren Lebensunterhalt hauptsächlich aus dem Handel mit Dämonen. Und was den Drachen angeht – nicht weit von hier gibt es einen Stand, der an jeden Drachen verkauft, der sie sich leisten kann.«

»Nein, nein! Ihr versteht mich nicht! Natürlich geben wir uns alle mit Dämonen ab, wenn es ums Geschäft geht. Der Unterschied ist nur der, daß dieser Skeeve sich mit ihnen sogar *anfreundet*. Einer seiner ständigen Hausgäste ist ein Perverser, und ich kenne keinen einzigen Täufler, der so tief gesunken wäre und sich zu so etwas herablassen würde. Und außerdem habe ich gehört, daß er Beziehungen zur Unterwelt hat.«

Das Spiel wurde langsam lästig. Alle Pluspunkte, die der Täufler durch sein Lob des Großen Skeeve bei mir gesammelt hatte, hatte er mit seinen Bemerkungen über Dämonen gründlich verspielt.

»Nun gut, vielen Dank für Eure Fürsorge«, sagte ich und reichte ihm die Hand. »Ich verspreche Euch, daß ich alles berücksichtigen werde, was Ihr mir da erzählt habt. Wie war noch Euer Name?«

Der Täufler grabschte nach meiner Hand und begann sie heftig zu kneten.

»Ich bin Aliman, stets zu Diensten«, sagte er mit gewinnendem Lächeln. »Wenn Ihr Euch wirklich einmal erkenntlich zeigen wollt, dann behaltet doch bitte meinen Namen im Gedächtnis. Solltet Ihr jemals einen *seriösen* Zauberer benötigen, so habe ich einen Neffen, der sich gerade in diesem Beruf ausgebildet hat. Ich bin sicher, daß wir Euch einen Rabatt einräumen können. Sagt mir nur noch, wie *Ihr* heißt, damit ich ihm Bescheid geben kann, die Augen offen zu halten.«

Ich verstärkte meinen Griff ein wenig und gewährte ihm mein breitestes Lächeln. »Nun, meine Freunde nennen mich Skeeve.«

»Ich werde es ihm ganz gewiß aus- ... SKEEVE?«

Die Augen des Täuflers weiteten sich, und seine Gesichtsfarbe wechselte von einem zarten Rosa in Rot über.

»Genau«, sagte ich und hielt seine Hand weiterhin fest. »Oh, und nur daß Ihr's wißt: Dämonen aus Perv heißen Perfekter und nicht Perverse ... und außerdem ist er kein Gast meines Hauses, sondern mein Partner.«

Der Täufler kämpfte inzwischen verzweifelt darum, seine Hand wieder freizubekommen.

»Na, wieviel Kunden habt Ihr schon mit Eurem Gerede, was für ein schrecklicher Bursche ich sei, vor meinem Geschäft verscheucht?«

Der Täufler riß sich los und verschwand in der Menge, einen unverständlichen Schrei des Entsetzens ausstoßend. Kurz gesagt: Aliman rannte davon. Alles klar?

Ich sah ihm mit einer gewissen hämischen Befriedigung nach. Glauben Sie nicht, daß ich richtig böse gewesen wäre. Wir hatten buchstäblich mehr Geld, als wir im Augenblick überhaupt gebrauchen konnten, so daß ich ihm seine Kunden nicht mißgönnte. Aber ich hatte mir nie Gedanken darüber gemacht, wie gewaltig unser Unternehmen von außen betrachtet aussehen mußte. Wenn man bedachte, unter welch dubiosen Umständen ich angefangen hatte, konnte man mit Fug und Recht behaupten, daß ich mir in den letzten paar Jahren einen ganz hübschen Ruf geschaffen hatte.

Es war mir ernst damit gewesen, als ich Aliman gesagt hatte, daß ich kein allzu großes Vertrauen in Zauberer setzte. Mein eigener Ruf war, vorsichtig ausgedrückt, stark übertrieben, und wenn man mich schon als mächtigen Magiker hochstilisierte, mußten meine anderen Kollegen mir einfach suspekt vorkommen, und zwar nicht zu knapp. Nachdem ich einige Jahre hinter die Kulissen des Magikgeschäfts geblickt hatte, fragte ich mich mittlerweile, ob es überhaupt *irgendeinen* Magiker gab, der auch nur annähernd so gut war, wie die Leute glaubten.

Ich war so sehr in diese Gedanken vertieft, als ich

in unser bescheidenes Zelt trat, daß ich völlig vergaß, daß ich eigentlich hätte hineinschleichen müssen. Doch daran wurde ich beinahe sofort wieder erinnert.

Die Erinnerung hatte die Gestalt eines riesigen Mannes, der sich mir plötzlich in den Weg stellte. »Boß«, sagte er mit einer quäkenden Piepsstimme, die bei einem derart hünenhaften Körperbau immer wieder aufs neue überraschte, »du solltest wirklich nicht immer allein rausgehen. Wie oft müssen wir dir denn noch sagen …«

»Ist schon in Ordnung, Nunzio«, sagte ich und versuchte dabei, an ihm vorbeizuschlüpfen. »Bin nur mal eben rausgehuscht, um Frühstück zu besorgen. Magst du einen Teigkringel?«

Doch Nunzio ließ sich nicht überzeugen und fuhr unbeirrt mit seiner Kritik fort.

»Wie können wir deine Leibwächter sein, wenn du dich ständig bei jeder sich bietenden Gelegenheit hinausschleichst? Weißt du, was Don Bruce mit uns anstellt, wenn dir etwas zustoßen sollte?«

»Ach, komm schon, Nunzio! Du weißt doch, wie das hier im Bazar ist. Wenn die Täufler mich mit einem Leibwächter sehen, dann schießen die Preise sofort atemberaubend in die Höhe. Außerdem mag ich es, ab und zu auch mal ein bißchen allein herumzuschlendern.«

»Die höheren Preise kannst du dir leisten. Was du dir nicht leisten kannst ist, dich zur Zielscheibe für jede Knalltüte zu machen, die den Großen Skeeve umnieten will, um selbst 'ne große Nummer zu werden.«

Ich wollte etwas entgegnen, doch dann fiel mir blitzartig wieder mein Gespräch mit Aliman ein. Nunzio hatte recht. Einen Ruf zu haben war eine zweischneidige Sache. Wenn irgend jemand die Gerüchte, die im Bazar kursierten, für bare Münze nahm und mir immer noch eins auswischen wollte, dann würde er derart schwere Geschütze auffahren, daß meine Überlebenschance wirklich gleich null war.

»Nunzio«, sagte ich schleppend, »du magst ja wirklich recht haben, aber mal ganz ehrlich – was könnten du und Guido gegen einen magischen Angriff schon ausrichten?«

»Nicht das geringste«, erwiderte er ruhig. »Aber höchstwahrscheinlich würden die Angreifer als erstes versuchen, deine Leibwächter aus dem Weg zu räumen, und das würde dir vielleicht genügend Zeit lassen, abzuhauen oder sie selbst auszuschalten, bevor sie einen zweiten Angriff starten können.«

Er sagte das so leichthin, aber mich erschütterte das doch ganz schön. Mir war nie der Gedanke gekommen, daß Leibwächter Verbrauchsmaterial sind, und mich erstaunte, mit welcher Selbstverständlichkeit sie die Gefahren ihres Berufs akzeptieren.

»Ich werde versuchen, mir das für die Zukunft zu merken«, sagte ich mit einer gewissen Demut. »Darüber hinaus schulde ich dir und Guido wohl eine Entschuldigung. Wo ist Guido überhaupt?«

»Der ist oben und zankt sich gerade mit Seiner Erlaucht«, grinste Nunzio. »Genaugenommen wollte ich dich gerade holen, um die Sache aufzuklären, als ich plötzlich feststellte, daß du wieder abgehauen bist.«

»Warum hast du das nicht gleich gesagt?«

»Wozu? Das hat keine Eile. Die werden sich so lange streiten, bis du da bist. Ich hielt es für wichtiger, dich davon zu überzeugen, daß du nicht immer allein ausgehen sollst.«

Ich unterdrückte ein Stöhnen, hatte es aber schon lange aufgegeben, mich mit Nunzio über Prioritäten zu streiten.

»Na schön, danke für den Rat, aber ich gehe jetzt wohl besser mal nach oben, bevor die beiden sich noch gegenseitig umbringen.«

Mit diesen Worten schritt ich über den Hof zu der Prunktreppe, die nach oben zu unseren Büros führte …

Hof? Prunktreppe?

Was war denn aus dem bescheidenen Zelt geworden, in das ich noch vor einer Minute hineingegangen war? Eine berechtigte Frage.

Nun … Ich habe doch gesagt, daß ich ein Zauberer bin, nicht wahr? Unser kleiner Stand im Bazar ist von innen größer als von außen. Und zwar wesentlich größer. Ich habe schon in königlichen Palästen gewohnt, die nicht annähernd so groß waren wie unser »bescheidenes Zelt«. Allerdings kann ich den Ruhm für dieses spezielle Wunder leider nicht für mich beanspruchen, außer daß es meine Arbeit gewesen ist, die uns als Lohn unsere gegenwärtige Residenz eingebracht hat. Wir wohnen hier mietfrei auf Kosten der Händlervereinigung von Tauf, als Teil einer Bezahlung für einen kleinen Job, den wir vor einer Weile für sie erledigt haben. So bin ich auch an meine Leibwächter gekommen … aber das ist eine andere Geschichte.

Händlervereinigung von Tauf? fragen Sie. Na schön, dann will ich die Sache für die Nichteingeweihten noch einmal kurz durchgehen. Die Dimension, in der ich gegenwärtig lebe, heißt Tauf und ist die Heimat der gerissensten Händler und Geschäftsleute aller bekannten Dimensionen. Vielleicht haben Sie ja schon mal von ihnen gehört. In meiner eigenen

Heimatdimension nannte man sie Teufel, aber inzwischen habe ich gelernt, daß die richtige Aussprache »Täufler« ist. Egal, jedenfalls haben mein Partner und ich die Täufler bei ihrem eigenen Spiel geschlagen – will sagen, ihnen beim Feilschen das Fell über die Ohren gezogen, und das Ergebnis ist dieses bombastische Heim. Aber erzählen Sie es bitte nicht weiter, ja? Das könnte ihren Ruf zerstören und mich wiederum eine hübsche Stange Geld kosten. Sie wissen nämlich noch gar nicht, daß sie reingelegt worden sind.

Schön, wo war ich stehengeblieben? Ach ja: auf dem Weg zu den Büros. Normalerweise pflegte ich nach dem Hinausschleichen an den Stallungen eine Pause einzulegen, um mein Frühstück mit Gliep zu teilen, aber angesichts einer solchen Krise beschloß ich, den Annehmlichkeiten der Gesellschaft meines Maskottchens zu entsagen und mich an die Arbeit zu machen. Ja, ja, Gliep. Das ist der Drache, von dem Aliman gesprochen hatte ... aber *diese* Geschichte werde ich jetzt nicht in verkürzter Form wiedergeben. Dazu ist sie einfach zu kompliziert.

Schon lange bevor ich die Büroräume erreicht hatte, konnte ich ihre Stimmen hören, wie sie ihr »Lieblingslied« sangen. Der Text wurde ab und an verändert, aber die Melodie kannte ich auswendig:

»Inkompetenter Stümper!«

»Wen nennst du da einen unkompletten Stümper?«

»Ich sehe mich berichtigt. Du bist tatsächlich ein *kompletter* Stümper!«

»Paß bloß auf, was du sagst! Auch wenn du der Partner vom Boß bist – noch ein Wort, und ich werde ...«

»Was wirst du? Wenn du zum Hieb ansetzt, verscheucht das keine Fliege von der Wand.«

»Ach jaaa?«

Es schien, als sei ich wirklich in allerletzter Minute gekommen. Ich atmete tief durch und schlenderte gelassen in das Zentrum des Gemetzels.

»Hallo, Jungs.« Ich versuchte so zu tun, als wüßte ich nicht das geringste von dem, was hier gerade vor sich ging. »Mag einer von euch einen Teigkringel?«

»Nein, ich will keinen Teigkringel!« erwiderte einer der Streithähne verächtlich. »Ich will bloß etwas brauchbare Unterstützung.«

»... und wenn du gerade dabeibist, könntest du gleich mal dafür sorgen, mir ein bißchen Respekt zu verschaffen!« konterte der andere.

Letzterer Kommentar kam von Guido, dem älteren meiner beiden Leibwächter. Wenn das überhaupt geht, so ist er noch größer und fieser als sein Vetter Nunzio.

Die erste Bemerkung stammte dagegen von Aahz. Aahz ist mein Partner. Er ist außerdem ein Dämon, ein Perfekter, um genau zu sein, und auch wenn er ein Stückchen kleiner als ich sein mag, ist er mühelos doppelt so fies wie meine beiden Leibwächter zusammen.

Meine Strategie hatte insofern funktioniert, als ich den Ärger der beiden jetzt auf mich umgelenkt hatte. Nun, da ich bemerkte, welch verheerendes Potential jeder von ihnen allein schon besaß – ganz zu schweigen davon, wenn sie ihre Kräfte zusammentaten –, begann ich an meiner Strategie ernsthaft zu zweifeln.

»Wo liegt denn das Problem?«

»Das Problem«, fauchte Aahz, »liegt darin, daß dein As von einem Leibwächter uns gerade ein paar Klienten gekostet hat.«

Mir rutschte das Herz in die Hosentasche. Ich habe ja schon erwähnt, daß Aahz und ich mehr Geld haben, als wir überhaupt ausgeben können, aber alte Gewohnheiten sind schwer abzulegen. Wenn es um Geld geht, ist Aahz das geizigste Wesen, dem ich jemals begegnet bin, und das heißt hier, im Bazar von Tauf, schon einiges! Wenn Guido uns tatsächlich einen potentiellen Kunden gekostet haben sollte, würden wir das noch eine ganze Weile zu hören bekommen.

»Immer mit der Ruhe, Partner«, beschwichtigte ich ihn, mehr um Zeit zu schinden als aus irgendeinem anderen Grund. »Ich bin schließlich gerade erst gekommen, verstehst du? Kannst du mir vielleicht mal ein paar Einzelheiten mitteilen?«

Aahz gönnte Guido einen weiteren finsteren Blick.

»Da gibt es nicht sehr viel mitzuteilen«, sagte er. »Ich war gerade beim Frühstück ...«

»Er will sagen, daß er sich gerade wieder einen hinter die Binde gekippt hat«, übersetzte Guido verächtlich.

»... als dieser Matschkopf hier plötzlich rumbrüllt, daß unten am Empfang Klienten warten. Ich rufe runter, daß ich gleich komme und beende schnell meine Mahlzeit.«

»Er hat sie mindestens eine halbe Stunde warten lassen. Man kann doch nicht erwarten, daß Kunden so lange ...«

»Guido, könntest du die Kommentare mal eine Runde lang für dich behalten? Bitte?« unterbrach ich, bevor Aahz sich auf ihn stürzen konnte. »Ich versuche immer noch, mir wenigstens ein ungefähres Bild davon zu machen, was passiert ist, verstehst du? Gut, Aahz. Was wolltest du sagen?«

Aahz atmete tief durch und setzte seinen Bericht fort.

»Na ja, jedenfalls komme ich unten an, aber weit und breit sind keine Kunden zu sehen. Man sollte doch eigentlich erwarten, daß dein Mann hier dazu in der Lage gewesen wäre, sie ein bißchen aufzuhalten oder wenigstens so vernünftig wäre, nach Verstärkung zu rufen, wenn sie ungeduldig geworden sind.«

»Komm schon, Aahz! Guido ist schließlich Leibwächter und keine Empfangsdame. Wenn irgendwelche Kunden es leid waren, auf dich warten zu müssen und gegangen sind, dann weiß ich nicht, warum du jetzt versuchst, ihm die Sache in die Schuhe zu schieben ...«

»Einen Augenblick mal, Boß. Darum geht es doch gar nicht. Sie sind nämlich nicht weggegangen.«

»Wie war das?«

»Ich habe sie unten im Empfangssaal allein gelassen. Und plötzlich schreit das Großmaul hier Zeter und Mordio, weil ich die Kunden hätte entwischen lassen. Dabei sind sie überhaupt nicht rausgegangen! Wie du schon sagtest, ich bin als Leibwächter hier. Wie ich die Sache sehe, latschen hier jetzt gerade in diesem Moment ein paar Leute zuviel durchs Gelände, und alles, was dieser Penner hier fertigbringt, ist, rumzuschreien, wer daran schuld ist.«

»Ich weiß schon, wer daran schuld ist«, knurrte Aahz. »Es gibt nur zwei Ausgänge aus dem Empfangsraum, und an mir sind sie jedenfalls nicht vorbeigekommen.«

»Na, an *mir* sind sie jedenfalls auch nicht vorbeigeschlüpft!« konterte Guido.

Plötzlich wurde mir ziemlich flau in der Magengegend. »Aahz«, sagte ich sanft.

»Wenn du dir einbildest, ich wüßte nicht, ob ...«

»AAHZ!«

Mein Schrei ließ ihn abrupt verstummen. Er wandte sich, eine wütende Erwiderung auf den Lippen, zu mir um, da bemerkte er meinen Gesichtsausdruck.

»Was ist, Skeeve? Du siehst aus, als ...«

»Dieser Raum hat mehr als zwei Ausgänge.«

In benommenem Schweigen starrten wir einander einige Augenblicke an, dann jagten wir in Richtung Empfangsraum davon, dicht gefolgt von Guido.

Der Raum, den wir zum Empfang bestimmt hatten, war einer der größten, und er war der einzige große Raum, der vom Haupteingang aus mühelos zugänglich war. Er war derart üppig eingerichtet, daß er selbst jene Besucher noch zu beeindrucken vermochte, die von den Wundern des Bazars völlig verwöhnt waren und hohe Ansprüche an das Heimatbüro eines erfolgreichen Magikers stellten. Die Sache hatte nur einen einzigen Haken, und genau darauf konzentrierten wir uns, als wir in den Raum hineinstürzten.

Die einzige Dekoration, die wir von den vorherigen Bewohnern übernommen hatten, war ein reichverzierter Wandteppich an der Nordwand. Meistens bin ich ja schneller als Aahz, aber diesmal war er als erster am Ziel und schlug den Vorhang mit einem Arm beiseite, um die dahinter liegende Tür freizulegen.

Unsere schlimmsten Befürchtungen wurden bestätigt:

Die Tür war aufgesperrt und stand sperrangelweit offen.

II

»Erfolg ist oft eine Frage des richtigen Partners.«
S. Laurel

»Was ist denn das?« fragte Guido, unser verblüfftes Schweigen ausnutzend.

»Eine Tür«, antwortete ich.

»Eine offene Tür, um genau zu sein«, ergänzte Aahz.

»Das sehe ich selbst!« brüllte der Leibwächter. »Ich meine, was macht die hier?«

»Also, wenn sie einfach nur so auf der Straße rumstände, würde sie doch wohl ziemlich dämlich aussehen, nicht?« schoß Aahz zurück.

Guido lief purpurn an. Wie gesagt, die beiden haben ein absolutes Talent, einander zur Weißglut zu bringen.

»Hört mal, ich habe lediglich gefragt ...«

»Guido, könntest du mal ein paar Minuten still sein, bis wir entschieden haben, was zu tun ist? Dann werden wir dir alles erklären, das verspreche ich dir.«

Mein Hirn lief Amok bei dem Versuch, das Problem durchzudenken, und wenn Aahz und Guido einander jetzt weiterhin an die Gurgel gingen, würde das meiner Konzentration nicht eben förderlich sein.

»Ich glaube, Partner«, sagte Aahz nachdenklich, »als erstes sollten wir die Tür schließen, damit wir nicht ... unterbrochen werden, wenn wir versuchen, die Sache zu überdenken.«

Anstelle einer Antwort schob ich vorsichtig einen Zeh vor und schloß die Tür. Aahz rammte hastig zwei der Bolzen in ihre Position, um die Tür zu sichern.

Als das erledigt war, lehnten wir uns dagegen und blickten einander schweigend an.

»Nun? Was meinst du?« fragte ich schließlich.

»Ich bin dafür, sie zu versiegeln und die ganze Sache zu vergessen.«

»Hältst du das für eine sichere Lösung?«

»Das weiß ich auch nicht so recht. Hab nicht genug Informationen zur Verfügung.«

Wir wandten uns mit nachdenklichen Blicken an Guido.

»Sag mal, Guido, könntest du uns vielleicht etwas mehr über diese Kunden erzählen, die heute morgen gekommen sind?«

»Nein.« Guido verschränkte die Arme. »Ihr seid es doch, die auf ›Auskunft gegen Auskunft‹ bestehen, nicht? Na, ich sage euch jedenfalls nichts mehr, bis mir nicht irgendeiner was über diese Tür da erzählt hat. Ich meine, ich soll hier deinen Leibwächter spielen, und kein Aas macht sich die Mühe, mir mitzuteilen, daß es hier noch einen weiteren Eingang gibt.«

Aahz bleckte die Zähne und wollte sich auf ihn stürzen, aber ich packte ihn an der Schulter.

»Er hat recht, Partner. Wenn wir seine Hilfe haben wollen, sind wir ihm auch eine Erklärung schuldig.«

Unsere Blicke hefteten sich eine Weile aneinander, dann wich er achselzuckend zurück.

»Eigentlich ist die Sache ganz einfach, Guido ...«

»Das wäre aber wirklich das erste Mal«, knurrte der Leibwächter.

Mit einem Satz hechtete Aahz durch den Raum und packte Guido am Kragen.

»Eine Erklärung willst du haben? Dann HALT DIE SCHNAUZE UND LASS IHN ERKLÄREN!«

Nun ist Guido wahrhaftig kein Fliegengewicht, und an Tapferkeit hat es ihm nie gemangelt. Aber wenn Aahz sauer wird, gibt es weit und breit nichts Vergleichbares.

»N – na schön! Tut mir leid! Mach weiter, Boß, ich höre.«

Aahz löste seinen Griff und kehrte an seinen Platz vor der Tür zurück, wobei er mir verstohlen zuzwinkerte.

»Es ist folgendes passiert«, begann ich und unterdrückte ein Lächeln. »Aahz und ich haben diese Tür bereits entdeckt, als wir hier eingezogen sind. Sie hat uns nicht besonders gefallen, also haben wir beschlossen, sie in Ruhe zu lassen. Das ist schon alles.«

»Das ist schon alles??!! Eine Hintertür, von der selbst du zugibst, daß sie gefährlich aussieht, und alles, was ihr tut, ist, sie zu ignorieren? Und als wenn das noch nicht schlimm genug wäre, macht ihr euch nicht mal die Mühe, es euren Leibwächtern mitzuteilen? Von allen hirnrissigen, unglaub...«

Aahz räusperte sich geräuschvoll, worauf Guido seine Beherrschung zurückgewann ... und zwar schleunigst.

»Äähh ... ich meinte eigentlich ... na gut. Ist vorbei und vergessen. Aber jetzt, da die Sache raus ist, könntet ihr mich ja auch ganz aufklären. Was gibt's denn überhaupt hinter dieser Tür da?«

»Das wissen wir nicht«, gestand ich.

»DAS WISST IHR NICHT?« kreischte Guido.

»Was wir wissen«, unterbrach Aahz ihn hastig,

»ist, was *nicht* dahinter liegt. Dahinter liegt nämlich keine Dimension, die wir kennen.«

Guido blinzelte fassungslos und schüttelte schließlich den Kopf. »Das kapiere ich nicht. Könntet ihr mir das noch mal erklären ... ich meine, richtig schön langsam?«

»Ich werd's versuchen«, erbot ich mich. »Schau mal, Guido, über die Dimensionen weißt du ja schon ein wenig Bescheid, nicht? Daß wir hier in der Dimension Tauf leben, in einer völlig anderen Welt als unserer eigenen Heimatdimension Klah, nicht? Na gut, und die Leute hier, die Täufler, sind Meister der Dimensionsreise, und zwar sind sie so gut, daß sie ihre Häuser über die Dimensionsgrenzen hinweg bauen können. Deshalb ist dieser Schuppen auch von innen größer als von außen. Die Eingangstür ist in Tauf, aber der Rest des Hauses ist in einer anderen Dimension. Das heißt – wenn wir durch diese Tür gehen, durch diese Hintertür, die wir dir gerade gezeigt haben, dann kommen wir in eine andere Welt ... in eine, über die wir nichts wissen. Deshalb war es uns auch lieber, die Tür verriegelt zu lassen, als unsere Nase in irgendeine völlig unbekannte Welt zu stecken.«

»Ich finde trotzdem, daß ihr der Sache hättet nachgehen müssen«, beharrte der Leibwächter störrisch.

»Denk doch mal nach«, warf Aahz ein. »Du hast bisher nur zwei Dimensionen kennengelernt. Skeeve hier hat etwa ein Dutzend besucht. Ich selbst war in ungefähr hundert. Die Täufler hier im Bazar jedoch kennen über tausend verschiedene Dimensionen.«

»Na und?«

»Na, da sind wir eben auf den Gedanken gekommen, daß sie uns dieses Haus gegeben haben, weil es in eine Dimension führt, die *sie* nicht haben wollen ...

›nicht haben wollen‹ in dem Sinne, daß sie sich davor zu Tode fürchten. Aber du hast selbst gesehen, was für Risiken die Täufler eingehen, wenn es um ihren Profit geht. Hast *du* vielleicht Lust, eine Welt zu erkunden, vor der selbst die sich fürchten?«

»Ich verstehe, was du meinst.«

»Und abgesehen davon«, schloß Aahz seine Ausführungen triumphierend ab, »brauchst du dir die Tür nur mal anzusehen. Die hat mehr Schlösser und Bolzen als drei normale Banktresore zusammen.«

»*Irgend jemand* hat sie jedenfalls geöffnet«, bemerkte Guido spitz.

Das nahm Aahz den Wind aus den Segeln. Zum Trotz warf er der Tür einen nervösen Blick zu.

»Na ja ... ein geschickter Dieb, der von innen mit einem Dietrich darangeht ...«

»Ein paar dieser Schlösser sind nicht mit einem Dietrich geöffnet worden, Aahz.«

Ich hatte die Diskussion genutzt, um ein bißchen herumzuschnüffeln, und nun hielt ich eine meiner Entdeckungen zur näheren Inspektion in die Höhe. Es war ein Vorhängeschloß, dessen Metallbolzen abgerissen worden war. Auf dem Boden lagen mehrere von der Sorte, ganz so, als sei jemand der Arbeit mit dem Dietrich überdrüssig geworden und hätte sie einfach mit den Händen abgerissen.

Guido schürzte die Lippen. »Mann, das ist aber ein starkes Stück! Wer kann denn so was?«

»Genau darauf wollten wir doch die ganze Zeit hinaus«, sagte Aahz hastig. »Und wenn du nun nichts mehr dagegen hast – was waren das für Kunden?«

»Es waren drei ... zwei Männer und eine Frau ... sahen einigermaßen jung aus, aber nicht besonders außergewöhnlich. Klahds, allem Anschein nach. Jetzt, da ich darüber nachdenke, fällt mir auf, daß sie ein bißchen nervös waren, aber ich dachte, das wäre nur, weil sie einen Zauberer aufgesucht hatten.«

»Na, jetzt sind sie jedenfalls auf der anderen Seite der Tür.« Aahz hob eines der unversehrten Schlösser auf und hängte es mit einem Klicken wieder ein. »Ich glaube kaum, daß sie Schlösser aufkriegen oder kaputtmachen können, an die sie gar nicht drankommen. Sie sind dahinter, was ihr Problem ist – und sie sind selbst schuld, wenn ich das mal hinzufügen darf, während wir auf dieser Seite sind. Ende des Rätsels. Ende des Problems.«

»Glaubst du wirklich, Aahz?«

»Verlaß dich nur auf mich.«

Irgendwie schlug diese Floskel einige Saiten in meiner Erinnerung an, und zwar nicht gerade die angenehmsten. Ich wollte schon mit Aahz darüber sprechen, als Nunzio den Kopf durch die Tür steckte.

»He, Boß. Du hast Besuch.«

»Siehst du?« rief mein Partner strahlend. »Ich hab dir doch gleich gesagt, daß es nur noch besser kommen kann! Es ist noch nicht einmal Mittag, und schon haben wir weitere Kunden.«

»Genaugenommen«, erklärte Nunzio, »ist es eine Delegation von Täuflern. Ich glaube, der Hausbesitzer ist auch dabei.«

»Der Hausbesitzer?« wiederholte Aahz mit hohler Stimme.

»Siehst du, wie sehr sich alles gebessert hat?« stichelte ich und feixte angewidert. »Und dabei ist es noch nicht einmal Mittag.«

»Soll ich sie abwimmeln, Boß?« schlug Guido vor.

»Ich glaube, du solltest sie lieber empfangen«, riet Nunzio. »Sie scheinen irgendwie böse zu sein. Es geht darum, daß wir angeblich irgendwelche Flüchtlinge beherbergen sollen.«

Aahz und ich tauschten wissende Blicke aus, was nur zu natürlich war, da es nichts mehr zu sagen gab. Mit einem vagen Wink, der eher ein nervöses Zucken war, bedeutete ich Nunzio, die Besucher einzulassen.

Wie erwartet, war es dieselbe Viererdelegation der Handelskammer von Tauf, die uns damals angeheuert hatte, um für den Bazar zu arbeiten, angeführt von unserem alten Gegner Hay-ner. Das letztemal, als wir mit ihm verhandelten, hatte er in der Klemme gesteckt, was wir auch rücksichtslos ausgenutzt hatten. Obwohl er in unsere Bedingungen eingewilligt hatte, hegte ich doch den Verdacht, daß es gegen seinen Täuflerstolz gegangen war, eine derart großzügige Vereinbarung zu treffen und daß er seitdem nur darauf gelauert hatte, es uns eines Tages heimzuzahlen. Dem Lächeln zufolge, das er zur Schau trug, als er in den Empfangsraum trat, war er wohl sehr zuversichtlich, daß dieser Tag nun endlich gekommen sei.

»Aaaah, Meister Skeeve«, sagte er. »Wie nett von dir, uns auch ohne Voranmeldung sofort zu empfangen. Ich weiß, wie beschäftigt du bist, deshalb will ich auch gleich zur Sache kommen. Ich glaube, daß sich hier einige Individuen aufhalten, mit denen zu sprechen unserer Organisation ein *allerdringlichstes* Anliegen ist. Wenn du vielleicht die Güte hättest, sie herbeirufen zu lassen, werden wir deine Zeit nicht länger in Anspruch nehmen.«

»Einen Augenblick mal, Hay-ner«, warf Aahz ein, bevor ich etwas erwidern konnte. »Wieso glaubt ihr, daß die Leute, nach denen ihr sucht, hier bei uns sind?«

»Weil sie vor weniger als einer Stunde gesehen wurden, wie sie euer Zelt betraten, und seitdem sind sie nicht wieder herausgekommen«, erwiderte das größte Mitglied von Hay-ners Unterstützungsmannschaft.

Mir fiel auf, daß er, anders als Hay-ner, nicht lächelte. Genaugenommen sah er sogar regelrecht wütend aus.

»Er muß die Leute meinen, die vorhin reinkamen«, warf Nunzio hilfsbereit ein. »Du weißt schon, Boß, die beiden Typen mit der Schnalle.«

Aahz rollte in hilfloser Verzweiflung die Augen, und ausnahmsweise neigte ich dazu, ihm zuzustimmen.

»Ähhh, Nunzio«, sagte ich und starrte zur Decke empor, »warum wartest du nicht mit Guido draußen, während wir uns um die Sache hier kümmern?«

Die beiden Leibwächter trotteten hinaus, wobei Guido seinem Vetter einen derart finsteren Blick zuwarf, daß ich den Verdacht hegte, daß er mir mit einem allerstrengsten Anpfiff wohl zuvorkommen würde. Was Mitarbeiter angeht, die vor den Gegnern mehr ausplaudern, als sie sollen, ist das Syndikat ebenso unduldsam wie es Magiker sein können.

»Nun, da wir festgestellt haben, daß wir alle wissen, von wem die Rede ist und daß diese Personen sich hier aufhalten«, meinte Hay-ner händereibend, »braucht ihr sie nur noch zu rufen, damit wir die Angelegenheit ein für allemal aus der Welt schaffen.«

»Nicht so hastig«, warf ich ein. »Erstens hat keiner von uns beiden die Leute bisher gesehen, nach denen ihr sucht, weil sie zweitens gar nicht hier sind. Sie sind uns durch die Hintertür entwischt, bevor wir sie empfangen konnten.«

»Irgendwie habe ich das Gefühl, daß euch unser Wort wahrscheinlich nicht so ganz genügen wird«, fügte Aahz hinzu, »also durchsucht das Haus so gründlich ihr wollt.«

Das Lächeln des Täuflers wurde immer breiter, und ich bemerkte, wie mir plötzlich der kalte Schweiß auf die Stirn trat.

»Das wird nicht nötig sein. Seht mal, ob ich euch glaube oder nicht, ist nicht weiter wichtig. Selbst wenn wir eine Hausdurchsuchung durchführen würden, bin ich überzeugt davon, daß ihr besser Dinge verstecken könnt, als wir sie aufspüren können. Alles, was zählt, ist die Tatsache, daß wir festgestellt haben, daß sie hier hereingekommen sind, was *euch* zu den Verantwortlichen macht.«

Ich wußte zwar nicht so recht, was hier genau gespielt wurde, aber ich war mir ganz sicher, daß es mir immer weniger gefiel.

»Einen Augenblick mal, Hay-ner«, fing ich an. »Was soll das heißen, daß wir die Verantwortlichen sind? Verantwortlich wofür?«

»Na, für die Flüchtlinge natürlich. Wißt ihr das denn nicht mehr? Als wir darin eingewilligt haben, euch dieses Objekt mietfrei zu überlassen, sind wir übereingekommen, daß ihr die volle Verantwortung dafür tragt, wenn irgendein Mitglied dieses Haushalts gegen die Regeln des Bazars verstößt und entweder in eine andere Dimension verschwindet oder sich sonstwie weigert, sich einer Anklage zu stellen. Das ist eine Standardklausel in jedem Mietvertrag im Bazar.«

»Aahz«, sagte ich gereizt, »du hast die Verträge ausgehandelt. Gab es da tatsächlich eine solche Klausel?«

»Die gab es«, gestand er. »Aber ich dachte damals nur an Tanda und Chumly ... und zu denen stehen wir jederzeit. Auch zu Massha. Ich bin nie auf den Gedanken gekommen, daß sie behaupten würden, jeder, der durch unsere Tür spaziert, sei ein Mitglied unseres Haushalts. Ich weiß gar nicht, wie sie beweisen wollen, daß ...«

»Wir brauchen gar nicht zu beweisen, daß sie zu eurem Haushalt gehören«, lächelte Hay-ner. »Ihr müßt vielmehr beweisen, daß sie es nicht tun.«

»Das ist doch hirnrissig!« explodierte Aahz. »Wie können wir beweisen ...«

»Gib's auf, Aahz. Wir können es nicht beweisen. Darum geht es ja gerade. Na schön, Hay-ner, du hast uns in der Hand. Was haben diese Typen angestellt, wofür wir die Verantwortung übernehmen müssen, und welche Möglichkeiten haben wir? Ich dachte immer, einer der größten Pluspunkte des Bazars sei es, daß es hier keine Regeln und Gesetze gibt.«

»Es gibt auch nicht viele«, belehrte mich der Täufler. »Aber die wenigen, die es gibt, werden rigoros durchgesetzt. Bei all dem Gefeilsche hier im Bazar mag der Begriff ›Betrug‹ vielleicht ein bißchen albern klingen, aber für uns ist das eine sehr ernste Angelegenheit. Wir sind zwar stolz darauf, daß wir immer harte Geschäftsverhandlungen führen, aber wenn man sich erst einmal einig geworden ist, bekommt jeder auch das, was abgemacht wurde. Kann sein, daß bei der Warenbeschreibung mal das eine oder andere Detail ausgelassen wurde, aber alles, was ausdrücklich *gesagt* wurde, stimmt auch. Das ist unser Ruf, und der zukünftige Erfolg des Bazars hängt davon ab, daß dieser Ruf gnadenlos bewahrt wird. Wenn ein Händler oder Verkäufer etwas verkauft, das magisch sein soll, und es sich herausstellt, daß es überhaupt keine Kräfte hat, ist das Betrug ... und wenn man es zuläßt, die Betrüger ungestraft ziehen zu lassen, dann könnte das das Ende des Bazars, wie wir ihn kennen, bedeuten.«

»Eigentlich«, wandte ich trocken ein, »wollte ich

nur dagegen protestieren, daß ihr sie zu unseren Freunden erklärt, aber ich will darüber hinwegsehen. Du hast dich allerdings über unsere Möglichkeiten ausgeschwiegen.«

Hay-ner zuckte die Schultern. »Es gibt eigentlich nur drei. Ihr könnt das Geld zurückbezahlen, das sie genommen haben, zuzüglich einer fünfundzwanzigprozentigen Strafe, in eine Verbannung aus dem Bazar einwilligen, oder ihr könnt eure Freun... äh, ich meine die Flüchtigen dazu bewegen, in den Bazar zurückzukehren, um die Angelegenheit selber wieder in Ordnung zu bringen.«

»Ich verstehe ... Na gut. Ihr habt gesagt, war ihr zu sagen hattet. Nun laßt uns bitte allein, damit mein Partner und ich uns in der Sache beraten können.«

Aahz begleitete sie vorsichtshalber hinaus, während ich ins Grübeln verfiel, was wir tun sollten. Als er zurückgekehrt war, saßen wir über eine Stunde schweigend da, bevor einer von uns das Wort ergriff.

»Nun«, sagte ich schließlich, »was meinst du dazu?«

»Verbannung aus dem Bazar kommt nicht in Frage!« knurrte Aahz. »Das würde nicht nur unseren Ruf ruinieren, ich bin auch nicht gewillt, wegen einer solch idiotischen Sache aus dem Bazar gejagt zu werden und auch noch unser Zuhause zu verlieren.«

»Einverstanden«, stimmte ich ihm grimmig zu. »Obwohl mir scheint, daß Hay-ner in diesem Punkt nur blufft. Er will uns ebensosehr im Bazar halten, wie wir bleiben wollen. Schließlich war er es ja, der uns angeheuert hat, weißt du noch? Ich glaube, er erwartet, daß wir klein beigeben und zahlen. Auf diese Weise bekommt er etwas von der Summe zurück, die wir aus ihm herausgequetscht haben.

Irgendwie stinkt mir der Gedanke, dieser Art von Druck nachgeben zu müssen.«

Aahz nickte. »Mir auch.«

Einige Minuten lang herrschte wieder Schweigen.

»Also gut«, sagte Aahz schließlich. »Wer spricht es als erster aus?«

»Wir müssen sie verfolgen.« Ich seufzte.

»Das stimmt nur zur Hälfte«, korrigierte mich Aahz. »*Ich* muß sie verfolgen. Partner oder nicht, hierbei geht es um eine völlig neue Dimension, und das ist für jemanden mit deinem gegenwärtigen magischen Können viel zu gefährlich.«

»Mit *meinem* Können? Was ist denn mit dir? Du hast doch überhaupt keine Kräfte mehr! Wenn es für mich schon zu gefährlich ist, was soll dich denn dann noch schützen?«

»Meine Erfahrung«, erklärte er großspurig. »Ich bin so was gewohnt und du nicht. Ende der Diskussion.«

»Nichts da, ›Ende der Diskussion‹! Wie willst du mich denn davon abhalten, dir zu folgen?«

»Das ist ganz leicht«, grinste Aahz. »Guck mal, wer da hinten in der Ecke steht!«

Ich drehte mich zu der Ecke um, in die er zeigte – und danach fehlt mir für eine ganze Weile jede Erinnerung.

III

»Zuverlässige Informationen sind eine unabdingbare Voraussetzung für das Gelingen eines Unternehmens.«

C. Columbus

»He! Heißer Fratz! Wach auf! Bist du in Ordnung?«

Wenn ich eine andere Art von Leben führen würde, wären diese Worte von einer üppigen Vision weiblicher Schönheit geäußert worden. Doch so war es Massha, die sie aussprach.

Diese Äußerung war das erste, was durch den Nebel in mein Bewußtsein drang, als ich versuchte, wieder zu mir zu kommen. Ich bin morgens nie der Fröhlichste, selbst dann nicht, wenn ich aus freien Stücken in aller Ruhe aufwachen kann. Wenn mich jemand aber dazu zwingt, wach zu werden, dann kann ich dafür garantieren, daß meine Laune nicht die beste sein wird.

Doch so benommen ich auch war, an der Tatsache, daß Massha mich gerade wachrüttelte, gab es keinen Zweifel. Selbst mit unscharfem Blick waren ihre Formen unverkennbar. Stellen Sie sich mal, wenn Ihnen danach sein sollte, die größte, fetteste Frau vor, die Ihnen jemals begegnet ist. Wenn Sie nun dieses Bild in sämtliche Richtungen um fünfzig Prozent ausdehnen, obendrauf grellorangefarbenes Haar, falsche Wimpern und purpurnen Lippenstift geben und dazu einen Handkarren voll schrillbunter Juwelen und Schmuckstücke ... verstehen Sie, was ich meine? Massha könnte ich selbst in finsterster Nacht auf eine Meile Entfernung noch erkennen – und zwar mit verbundenen Augen.

»Natürlich bin ich in Ordnung, *Lehrling!*« fauchte ich. »Hast du nicht irgendwelche Lektionen, die du durcharbeiten mußt, oder so?«

»Bist du *sicher?*« hakte sie gnadenlos nach.

»Ja, ich bin sicher. Warum fragst du? Kann man denn nicht mal in Ruhe ein Nickerchen machen, ohne gleich deswegen angemacht zu werden?«

»Es ist ja nur, daß du normalerweise deine Nickerchen nicht gerade mitten auf dem Fußboden des Empfangsraums machst.«

Das erregte schließlich meine Aufmerksamkeit, und ich zwang mich dazu, wieder klar zu sehen. Sie hatte recht! Aus irgendeinem Grund lag ich der Länge nach auf dem Fußboden. Was um alles in der Welt hatte mich denn dazu bringen können ...

Da fiel mir alles wieder ein! Aahz! Die Expedition in die neue Dimension!

Ich schoß kerzengerade hoch – und bereute es sofort. Ein stechender Kopfschmerz attackierte mich mit der Intensität eines Eispickels, und mein Magen schlug einen Purzelbaum, um mit der Anmut eines Klumpens zu lange gekochten Haferschleims rücklings aufzuschlagen.

Massha hielt mich an den Schultern fest, als ich gerade wieder umkippen wollte.

»Na, na, ganz ruhig, Große Nummer! Sieht mir ganz danach aus, als hätten du und ich unterschiedliche Vorstellungen davon, was ›in Ordnung sein‹ heißt.«

Ich ignorierte sie und befühlte vorsichtig meinen Hinterkopf, um eine große, empfindliche Wölbung hinter dem Ohr zu entdecken. Wenn ich noch etwaige Zweifel hinsichtlich dessen gehabt haben sollte, was geschehen war, so verflogen sie nunmehr gänzlich.

»Dieser verdammte Perverse!« entfuhr es mir, und ich zuckte zusammen, als die Schallwelle meiner eigenen Stimme eine Woge des Schmerzes mit sich brachte. »Er muß mich bewußtlos geschlagen haben und abgehauen sein.«

»Meinst du etwa Aahz? Den Dunklen, Grünen, Schuppigen persönlich? Das kapiere ich nicht. Warum sollte dir denn dein eigener Partner eine über die Rübe hauen?«

»Damit er ohne mich durch die Tür kommt. Ich habe ihm sehr deutlich klargemacht, daß ich bei diesem Abenteuer nicht allein zurückgelassen werden will.«

»Tür? Was für eine Tür?« fragte Massha stirnrunzelnd. »Ich weiß ja, daß ihr beiden so eure kleinen Geheimnisse habt, Chef, aber ich finde, du solltest mich mal ein bißchen aufklären, damit ich wenigstens ungefähr weiß, was hier los ist.«

So knapp ich konnte, brachte ich sie auf den neuesten Stand, was die Ereignisse des Tages betraf, und ich erklärte ihr auch, weshalb Aahz und ich nichts von unserer Entdeckung der mysteriösen Hintertür verraten hatten. Da sie selbst eine altgediente Dimensionsreisende war, begriff sie weitaus schneller als Guido und Nunzio, wie gefährlich eine nicht kartographierte Dimension war.

»Was ich nicht verstehe, ist: Wenn er dich schon nicht dabeihaben wollte, warum hat er denn dann nicht jemand anders zur Unterstützung mitgenommen?«

»Wen denn?« fragte ich und verzog das Gesicht zu

einer Grimasse. »Wir haben doch schon deutlich klargemacht, daß du *mein* Lehrling bist, und daß er dir keine Befehle gibt, ohne daß ich sie vorher absegne. Von Guido und Nunzio ist er nie besonders beeindruck gewesen. Tanda und Chumly sind in eigenen Aufträgen unterwegs und kommen erst in einigen Tagen zurück. Selbst Gus gönnt sich im Moment einen wohlverdienten Urlaub mit Berfertt. Außerdem weiß er nur zu genau, daß es einigen Ärger geben würde, wenn er versuchen sollte, eine Mannschaft zusammenzustellen, ohne mich mit einzubeziehen. Wenn so was passiert, lege ich mich schließlich nicht einfach kommentarlos aufs Ohr und schlafe ein!«

»Sei mir nicht böse, aber genau das hast du gerade getan«, bemerkte mein Lehrling trocken, »obwohl ich zugeben muß, daß er es dir gewissermaßen aufgezwungen hat.«

Mit diesen Worten schob sie ihre Hände in meine Achselhöhlen und hob mich auf, um mich wieder sanft auf die Beine zu stellen.

»So, und jetzt? Was nun? Ich nehme an, daß du vorhast, mit gebleckten Zähnen hinter ihm herzujagen. Hast du was dagegen, wenn ich mitkomme? Oder bist du wild entschlossen, dich genauso dämlich zu verhalten wie er?«

Tatsächlich hatte ich ebendies vorgehabt. Doch der unverhüllte Sarkasmus in ihrer Stimme und meine noch etwas unbeholfenen Beine ließen mich zögern.

»Nein«, sagte ich vorsichtig. »Es genügt, wenn einer von uns da draußen herumstolpert ... genaugenommen ist das sogar einer zuviel, je nachdem, wie man das sieht. Ich meine zwar immer noch, daß ich hätte mitgehen sollen, aber nun hat Aahz sein Blatt ausgereizt, so daß es auch seine Sache ist, es zu

Ende zu spielen. Meine Aufgabe ist es, auf den Laden aufzupassen, bis er wieder zurück ist.«

Massha blickte mich mit hochgezogener Augenbraue an.

»Das klingt vernünftig«, meinte sie, »auch wenn ich zugeben muß, daß es mich ein bißchen erstaunt, so etwas aus deinem Mund zu hören.«

»Ich bin jetzt ein Geschäftsmann mit gewissen Verpflichtungen«, erwiderte ich achselzuckend. »Ich kann es mir nicht mehr leisten, wie ein unbesonnenes Kind einfach loszupreschen. Außerdem habe ich volles Vertrauen in die Fähigkeiten meines Partners, die Sache in den Griff zu bekommen.«

Das waren mutige Worte, und sie waren sogar ehrlich gemeint. Zwei Tage später jedoch war dieser »Geschäftsmann mit gewissen Verpflichtungen« drauf und dran, *besonnen* loszupreschen. Guido und Nunzio stellten ihre Klagen darüber ein, daß ich immer allein davonschlich ... vor allem deswegen, weil ich das Haus überhaupt nicht mehr verließ! Tatsächlich verbrachte ich die meisten Stunden, in denen ich wach war, und alle, in denen ich schlief (wenngleich ich zugebe, daß ich nicht sonderlich viel schlief) im Empfangsraum in der vagen Hoffnung, Aahz nach seiner triumphalen Wiederkehr begrüßen zu können.

Leider wurden meine Mühen nicht belohnt.

Ich versuchte mein Bestes, meine Sorgen vor den anderen zu verbergen, doch das hätte ich mir sparen können. Als die Stunden verstrichen, wuchs die Sorge meines Gefolges so sehr, daß ich den größten Teil meiner Zeit damit verbrachte, ihnen zu versichern: »Nein, er ist noch nicht zurück. Wenn er wiederkommt, sage ich Bescheid.« Selbst Guido, der eigentlich noch nie besonders gut mit Aahz ausgekommen war, kam mindestens einmal in der Stunde vorbei, um sich vom mangelnden Fortschritt der Dinge zu überzeugen.

Endlich rief ich, um meine eigenen Nerven zu beruhigen, alle zu einer Lagebesprechung im Empfangsraum zusammen.

»Ich möchte nur eins wissen, nämlich wie lange wir hier noch rumsitzen wollen, bis wir endlich zugeben, daß was schiefgelaufen ist«, knurrte Guido schon zum fünftenmal.

»Wie lange, glaubst du, braucht man wohl, um einen Flüchtling in einer fremden Dimension aufzuspüren?« schoß ich zurück. »Wie lange würdest du in Klah dafür brauchen, Guido? Wir müssen ihm einfach etwas Zeit lassen.«

»Wieviel Zeit?« konterte er. »Es sind immerhin schon zwei Tage vergangen ...«

»Tanda und Chumly müssen jetzt bald zurück sein«, unterbrach Massha. »Meinst du, die sitzen untätig rum und drehen Däumchen, wenn sie erfahren, daß Aahz ganz allein da draußen ist?«

»Ich dachte, *du* wärst diejenige, die fand, es sei eine dämliche Idee, ihm zu folgen?«

»Das finde ich auch immer noch. Aber soll ich dir mal erzählen, was ich erst vom Nichtstun halte?«

Bevor ich etwas erwidern konnte, klopfte es leise an der Tür ... und zwar an der Hintertür!

»Seht ihr!« krähte ich triumphierend. »Ich hab euch doch gesagt, daß er wiederkommt!«

»Das Klopfen klingt aber gar nicht nach Aahz«, bemerkte Guido mißtrauisch.

»Warum sollte er überhaupt klopfen?« fügte

Massha hinzu. »Schließlich haben wir die Tür nicht mehr abgeschlossen, seit er fort ist.«

In meiner Erleichterung und Begeisterung verhallten ihre Bemerkungen ungehört. Blitzartig war ich zur Tür geschossen und riß sie auf, während ich die Begrüßungsformel aussprach, die ich nun schon zwei Tage einstudiert hatte.

»Wird aber auch langsam Zeit, Part...«

Das Wort blieb mir im Hals stecken.

Das Wesen draußen vor der Tür war nicht Aahz, es hatte noch nicht einmal die leiseste Ähnlichkeit mit ihm. Aber noch überraschender war die Tatsache, daß ich die Person wiedererkannte!

Wir waren einander nie wirklich begegnet ... hatten uns jedenfalls nicht vorgestellt. Aber kurz nachdem ich Aahz kennengelernt hatte, waren wir von einem wütenden Mob aufgeknüpft worden, weil ich mich für sie ausgegeben hatte. Außerdem hatte ich sie in der Menge gesehen, als ich mich erfolgreich um den Posten eines Hofmagikers in Possiltum beworben hatte.

Was ich nie aus nächster Nähe hatte begutachten können, war ihr strahlender Teint, der von sonnengüldenem Haar umrahmt wurde, die leichtfüßige Anmut ihrer Körperhaltung, und die ...

»Das ist doch der Große Skeeve, nicht wahr? Hinter dem aufgesperrten Mund?«

Ihre Stimme klang so melodisch, daß ich einige Augenblicke brauchte, um zu begreifen, was sie da gesagt hatte und daß sie eine Antwort erwartete.

»Äääh ... ja. Ich meine, stets zu Diensten.«

»Freut mich, dir endlich einmal von Angesicht zu Angesicht gegenüberzustehen«, sagte sie forsch und warf Guido und Massha einen nervösen Blick zu. »Ich suche schon eine ganze Weile nach einem entsprechenden Vorwand, und ich glaube, jetzt habe ich ihn. Ich habe eine Nachricht für dich ... Sie betrifft deinen Lehrling.«

Ich hatte noch immer Probleme, mich auf das zu konzentrieren, was sie sagte. Nicht nur, daß ihre Stimme betörend war, sie war auch mit Sicherheit die wunderschönste Frau, die ich je kennengelernt hatte ... na ja, das wunderschönste Mädchen, um es genau zu sagen. Sie konnte kaum älter sein als ich. Und was noch wichtiger war – sie schien mich zu mögen. Das heißt, sie lächelte weiterhin zögernd und hielt ihre tiefblauen Augen auf mich geheftet. Nun hatte ich zwar den Respekt meiner Kollegen und der Wesen im Bazar errungen, die meinen Ruf kannten, doch noch nie von jemandem, der so aussah wie ...

Dann drangen ihre Worte endlich in mein Bewußtsein.

»Mein Lehrling?«

Ich warf Massha unwillkürlich einen Blick zu, bis ich das Mißverständnis begriff.

»Ach so, du meinst Aahz. Der ist nicht mehr mein Lehrling sondern mein Partner. Bitte, komm rein. Wir sprachen gerade über ihn.«

Ich stellte mich neben die Tür und bat sie mit einer großartigen, ausholenden Gebärde einzutreten. So etwas hatte ich noch nie zuvor versucht, aber als ich am Hof von Possiltum gearbeitet hatte, hatte ich dergleichen oft beobachtet, und es hatte mich sehr beeindruckt.

»Ähhh – Boß? Könnte ich mal einen Augenblick mit dir sprechen?«

»Später, Guido.«

Ich wiederholte die Geste, und das Mädchen reagierte mit einem flüchtigen Lächeln, das den ganzen Raum heller erscheinen ließ.

»Danke für die Einladung«, sagte sie. »Aber ich fürchte, ich muß sie mir für später aufheben. Ich kann wirklich nicht bleiben. Genaugenommen dürfte ich überhaupt nicht hier sein. Ich dachte nur, daß irgend jemand dir mitteilen müßte, daß dein Freun… Aahz heißt er, ja? Na ja, jedenfalls sitzt dein Freund im Gefängnis.«

Das brachte mich rasend schnell wieder auf den Boden der Tatsachen zurück.

»Aahz? Im Gefängnis? Weswegen denn?«

»Wegen Mord.«

»MORD!« kreischte ich und gab jeden Versuch auf, weltmännisch zu erscheinen.

»Mich brauchst du deswegen nicht anzuschreien! Ach, ich hab ja gewußt, daß ich nicht hätte kommen sollen! Hör mal, ich weiß, daß er es nicht getan hat. Deshalb wollte ich dich auch darüber informieren, was passiert ist. Wenn du nicht irgend etwas unternimmst, wird man ihn hinrichten … und da drüben verstehen sie was davon, wie man Dämonen hinrichtet.«

Ich wirbelte herum und wandte mich an meine Gefolgsleute.

»Massha! Hol deinen Schmuckkoffer! Guido, Nunzio! Macht euch bereit. Wir werden unseren Nachbarn einen kleinen Besuch abstatten.«

Ich versuchte meine Stimme ruhig und fest klingen zu lassen, doch irgendwie stieß ich die Worte etwas hektischer hervor, als ich es geplant hatte.

»Nicht so schnell, Boß«, sagte Guido. »Da ist etwas, was du erst noch wissen solltest.«

»Später. Ich will, daß ihr …«

»JETZT, Boß! Es ist wichtig!«

»WAS DENN?«

Es bedarf wohl keiner besonderen Erwähnung, daß

ich nicht gerade zu längeren Diskussionen aufgelegt war.

»Das ist eine von denen.«

»Wie bitte?«

»Eine von den dreien, die durch die Hintertür abgehauen sind und die dein Partner gerade jagt. Das ist die Schnalle.«

Wie vom Schlag getroffen wandte ich mich wieder dem Mädchen zu, um mir diese Aussage bestätigen zu lassen – doch der Türrahmen war leer. Meine geheimnisvolle Besucherin war ebenso schnell verschwunden, wie sie erschienen war.

»Das könnte auch eine Falle sein, weißt du«, meinte Massha nachdenklich.

»Sie hat recht«, bestätigte Guido nickend. »Das kannst du jemandem glauben, der selbst schon oft genug auf der Flucht gewesen ist. Wenn man vor dem Gesetz flieht, und es gibt nur ein paar Leute, die einen aufspüren könnten, ist man wirklich versucht, dieses Verbindungsstück auszuschalten. Wir wissen nur, daß sie behauptet, dein Partner stecke in Schwierigkeiten.«

»Um sich auszurechnen, daß die Täufler höchstwahrscheinlich dich und Aahz anheuern würden, um sie zu verfolgen, braucht man kein Geistesriese zu sein. Immerhin wußten sie ja, in wessen Haus sie ihren Ausbruch durchführten«, fügte Massha hinzu.

Guido stand auf und schritt im Raum auf und ab.

»Richtig«, sagte er. »Angenommen, *die* haben Aahz. Gibt es eine bessere Taktik als dir ein Märchen aufzutischen, daß dein Partner in der Klemme sitzt, damit du kopfüber in die Falle rennst, die sie für dich aufgestellt haben? Die ganze Sache stinkt, Boß. Ich verstehe zwar nichts von fremden Dimensionen, aber von Verbrechern verstehe ich was. Sobald du durch diese Tür da gehst, bist du eine prima Zielscheibe.«

»*Noch* was?«

Selbst in meinen eigenen Ohren klang meine Stimme frostig, doch ausnahmsweise machte mir das nichts aus.

Guido und Massha tauschten Blicke aus und nickten schließlich stumm.

»Na schön. Vielleicht habt ihr ja recht, und ich weiß eure Sorge um mein Wohlergehen durchaus zu schätzen. ABER ...«

Meine Stimme wurde zu einem tödlichen Zischen.

»... was, wenn ihr unrecht habt? Was, wenn unser Flüchtling die Wahrheit sagt? Ihr seid mir alle die ganze Zeit auf die Nerven gegangen, weil ich nichts unternommen habe, um Aahz zu helfen. Glaubt ihr etwa wirklich, daß ich einfach hier rumsitzen werde, während mein Partner UND Freund wegen eines Verbrechens umgebracht wird, das er gar nicht begangen hat ... nur weil eine leise Chance besteht, daß es für mich *vielleicht* gefährlich werden könnte?«

Mit größter Mühe zwang ich mich wieder zu einem normalen Tonfall.

»In zehn Minuten werde ich durch diese Tür da gehen, um Aahz zu suchen ... und wenn ich dabei in eine Falle laufen sollte, dann muß es eine verdammt gute sein. Nun, will irgendeiner von euch mitkommen, oder soll ich die Sache allein in die Hand nehmen?«

IV

»Das Unvorhersehbare hält sich an keine Regieanweisungen.«

A. Hitchcock

Tatsächlich dauerte es über eine Stunde, bis wir endlich fertig zum Aufbruch waren, obwohl es mir sehr viel länger vorkam. Doch selbst ich mußte zugeben, daß es nicht nur töricht gewesen wäre, dieses Abenteuer nicht sorgfältig vorzubereiten, sondern der reine Selbstmord!

Wir beschlossen, Nunzio in unserem Hauptquartier zurückzulassen, damit er Tanda und Chumly nach ihrer Rückkehr informieren konnte, was geschehen war. Es bedarf wohl keiner besonderen Erwähnung, daß er über diesen Auftrag nicht eben erbaut war.

»Aber ich bin doch dein Leibwächter!« widersprach er. »Wie soll ich dich bewachen, wenn ich hier zurückbleibe, während du an vorderster Front kämpfst?«

»Indem du dafür sorgst, daß unsere Ersatztruppen alle Informationen erhalten, die sie brauchen, um uns zu folgen«, erwiderte ich.

So ungern ich mich auch mit Nunzio stritt, würde ich mich immer noch lieber mit einem Dutzend Jungs vom Syndikat prügeln, als Tanda und Chumly erklären zu müssen, weshalb ich sie von dieser Rettungsexpedition ausgeschlossen hatte.

»Wir könnten ja auch eine Nachricht zurücklassen.«

»Nein.«

»Wir könnten ...«

»NEIN! Ich will, daß du *hier* bleibst. Ist das deutlich genug?«

Der Leibwächter seufzte schwer. »Na gut, Boß. Dann hänge ich eben hier rum, bis sie kommen. Dann können wir drei ...«

»Nein!« wiederholte ich. »Dann kommen Tanda und Chumly nach. Du bleibst hier.«

»Aber Boß ...«

»Denn wenn Hay-ner und seine Truppe hier wieder aufkreuzen, muß jemand da sein, um ihnen zu sagen, daß wir an der Arbeit sind und uns nicht einfach klammheimlich verdrückt haben. Nur mal angenommen, wir schaffen es und kommen zurück, dann werden wir den Ausgang brauchen, und du wirst dafür sorgen, daß er frei bleibt. Das würde uns gerade noch fehlen, daß unsere Gastgeber uns hier einen neuen Mieter reinsetzen ... womöglich jemanden, der die Tür hier zumauern läßt, während wir noch auf der anderen Seite sind.«

Darüber dachte Nunzio schweigend nach.

»Und wenn ihr nicht zurückkommen solltet?« fragte er schließlich.

»Darüber möchte ich lieber nicht nachdenken«, seufzte ich. »Aber vergiß nicht – so leicht bringt uns keiner um. Wenigstens einer von uns wird es schon zurück schaffen.«

Zum Glück traf Guido nun ein und lenkte mich von diesem unangenehmen Gedanken ab.

»Alles klar zum Aufbruch, Boß.«

Trotz der verzweifelten Situation und des gräßlichen Zeitdrucks ertappte ich mich dabei, wie ich ihn fassungslos anstarrte.

»Was ist das denn?« quetschte ich schließlich hervor.

Guido trug einen dunklen Mantel, einen breitkrempigen Hut und eine Sonnenbrille.

»Das? Das ist meine Arbeitskleidung«, erklärte er stolz. »Die ist sowohl praktisch als auch dekorativ.«

»Was ist die?«

»Ich meine, so was schüchtert die Leute nicht nur ein, dieser Trenchcoat hat auch noch 'n Haufen kleiner Taschen, verstehst du? Da bewahre ich mein Schwermetall drin auf.«

»Aber ...«

»Hallo, Heißmatz! Hübsche Ausrüstung, Guido.«

»Danke! Ich hab sie dem Boß gerade erklärt.«

Massha war in *ihre* Arbeitsgarderobe gekleidet ... oder sollte ich besser sagen »entkleidet«? Ein kleines Westchen versuchte, ihren massigen Oberkörper möglichst vollständig zu bedecken, während ein noch kleineres Höschen im Begriff war, seinen Kampf trotz aller Anstrengung zu verlieren.

»Ähhh ... Massha?« sagte ich vorsichtig. »Das wollte ich dich immer schon mal gefragt haben: Warum trägst du ... äh ... eigentlich ... nicht mehr?«

»Ich kleide mich gerne luftig, wenn wir uns in heiße Situationen begeben«, erwiderte sie augenzwinkernd. »Verstehst du, wenn die Sache brenzlig wird, dann werde ich immer ein bißchen nervös ... und das einzige, was noch schlimmer ist, als eine fette Mieze dabeizuhaben, ist, eine *verschwitzte* fette Mieze dabeizuhaben.«

»Ich find's sexy«, meldete sich Guido zu Wort.

»Erinnert mich an das Zeug, das die Schnalle von meinem Alten immer anhatte.«

»Na, vielen Dank auch, Bösewicht! Muß schon sagen, dein alter Herr hatte 'n ziemlich guten Geschmack ... nicht daß ich ihn mal abgeschmeckt hätte.«

Ich musterte die beiden nachdenklich, während sie über Masshas Witz lachten. Jegliche Hoffnung, sich unbemerkt in diese unbekannte Dimension einzuschleichen, schwand merklich. Guido und Massha zogen jeder für sich schon eine Menge Aufmerksamkeit auf sich, aber beide zusammen waren sie ungefähr so unauffällig wie eine Zirkusparade und ein Truppenmanöver, die sich dieselbe Straße teilten. Dann kam mir der Gedanke, daß wir ja gar nicht wußten, was uns erwartete, daß sie vielleicht wunderbar in diese fremde Welt passen würden, während *ich* es war, der auffiel wie ein bunter Hund. Ein furchterregender Gedanke. Wenn dort jeder so aussah ...

Ich zwang mich, an etwas anderes zu denken. Es hatte keinen Zweck, mir selbst noch mehr Angst zu machen als ich ohnehin schon hatte, bevor ich genügend Informationen besaß, um diese Vermutungen hinreichend abzustützen. Schlimmer war vielmehr, daß meine beiden Helfer Angst hatten. Sie gaben sich zwar alle Mühe, es zu verbergen, doch dabei verfiel jeder von ihnen in altbekannte Verhaltensmuster. Guido spielte seine »Zäher Ganove«-Nummer voll aus, während Massha sich mal wieder bis zum Exzeß als »Vamp« ausgab. Das Wichtigste aber war, daß sie – verängstigt oder nicht – bereit waren, mir zu helfen und dabei möglicherweise den Tod zu finden. Es hätte richtig rührend sein können, wäre da nicht die Tatsache gewesen, daß sie darauf zählten, daß ich sie anführte. Das bedeutete, daß ich gelassen und zuversichtlich bleiben mußte ... egal wie verängstigt ich auch sein mochte.

Erst später fiel mir ein, daß *ich* möglicherweise in die Rolle des Anführers geschlüpft war, um mich dahinter verstecken zu können, falls die Sache brenzlig werden sollte. Das ließ mich kurz darüber nachdenken, ob überhaupt *irgend jemand* jemals wirklich wußte, was er eigentlich tat, ob er sich wirklich zuversichtlich fühlte – oder ob das Leben nur aus einem Haufen von Rollenspielen bestand.

»Gut. Sind wir fertig?« fragte ich und ließ meine umherstreunenden Gedanken mit einem Achselzukken von mir abgleiten. »Massha? Hast du deinen Schmuck?«

»Das meiste habe ich am Leib, und der Rest ist hier drin«, sagte sie und betätschelte ihre Gürteltasche.

Obwohl ich gelegentlich ein paar gehässige Bemerkungen über Masshas Schmuck zu machen pflege, war er doch von zweifachem Nutzen. Masshas Klunker sind nämlich in Wirklichkeit eine vielseitige Sammlung magischer Tricks, die sie sich im Laufe der Zeit zugelegt hat. Wie vielseitig sie sind? Nun, bevor sie sich bei mir als Lehrling bewarb, um echte Magik zu lernen, hatte sie sich ausschließlich mit Hilfe ihrer technischen »Kräfte« einen bequemen Posten als Stadtzauberin von Ta-hoe in der Dimension Jahk verschafft und ihn auch halten können. Wenngleich ich Aahz darin zustimmte, daß echte Magik der mechanischen schon deswegen überlegen ist, weil sie nicht so oft kaputtgeht (was ich am eigenen Leib hatte erfahren dürfen), hatte ich doch keineswegs etwas dagegen, ihr Arsenal als Rückendeckung dabei zu wissen.

»Erinnerst du dich noch an den Spürring, mit dem

du damals den König aufgespürt hast? Hast du vielleicht noch einen davon in deiner Tasche?«

»Nee, ich hab nur den einen«, sagte sie und wakkelte mit dem entsprechenden Finger.

Ich stieß einen leisen Fluch aus und fällte die erste von, wie ich befürchtete, sehr vielen unangenehmen Entscheidungen auf dieser Reise.

»Gib ihn Nunzio. Tanda und Chumly werden ihn brauchen, um uns zu finden.«

»Aber wie sollen wir denn deinen Partner aufspüren, wenn wir ihn zurücklassen?«

»Wir werden uns irgend etwas ausdenken müssen, aber wir können es uns nicht leisten, unsere Kräfte aufzusplittern. Sonst befreien wir Aahz womöglich und irren trotzdem da draußen herum auf der Suche nach der anderen Hälfte unserer Rettungsmannschaft.«

»Wenn du meinst, Heiße Nummer«, stimmte sie mir widerwillig zu und gab den Ring ab. »Ich hoffe nur, daß du auch weißt, was du tust.«

»Das hoffe ich auch, Massha, das hoffe ich auch. Also gut, Leute, dann wollen wir mal nachsehen, wie unser Hinterhof *tatsächlich* aussieht.«

Von der anderen Seite sah unser Heim weitaus beeindruckender aus als von der Bazarseite. Es hatte wirklich das Aussehen eines Schlosses ... eines ziemlich düsteren, hoch oben einsam auf einem Hügel. Allerdings studierte ich es nicht allzu genau, sondern gerade aufmerksam genug, um es auf der Rückreise wiederzuerkennen. Wie zu erwarten war, konzentrierte sich mein Interesse vor allem auf die neue Dimension selbst.

»Ziemlich finster, nicht?«

Guidos Bemerkung war eher eine Feststellung als eine Frage, und er hatte leider recht.

Wo immer wir auch sein mochten, die Beleuchtung ließ jedenfalls einiges zu wünschen übrig. Zuerst dachte ich ja, es sei Nacht, was mich ziemlich wunderte, weil alle Dimensionen, die ich bisher besucht hatte, nach demselben Tag-und-Nacht- Prinzip funktionierten. Dann gewöhnten sich meine Augen an das düstere Licht, und ich stellte fest, daß der Himmel einfach nur dicht verhangen war ... und zwar in einem solchen Ausmaß, daß kein Licht mehr durch die Wolken hindurchdrang, was den Tag der Nacht ziemlich ähnlich machte.

Abgesehen von dem, was ich erkennen konnte, schien diese Dimension mit den anderen, die ich bereits besucht hatte, ziemlich viel gemeinsam zu haben: Bäume, Unterholz und ein Weg, der zum Schloß führte oder von ihm fort, je nachdem, in welche Richtung man blickte. Ich glaube, es war Tanda, die gerne zu sagen pflegte: »Wenn du eine Dimension gesehen hast, kennst du auch alle anderen.« Chumly, ihr Bruder, meinte, daß der Grund für diese geologische Ähnlichkeit darin zu suchen sei, daß alle Dimensionen, durch die wir reisten, verschiedene Wirklichkeiten waren, die auf demselben Grundprinzip basierten. Das leuchtete mir irgendwie nicht so ganz ein. »Sie sind also alle gleich, weil alle ein und dieselbe sind? Ach, komm, Chumly!« Doch seine Einwände hatten bei mir immer das Gefühl hinterlassen, einen Vortrag in irgendeiner fremden Sprache gehalten zu bekommen, so daß ich solchen Diskussionen in letzter Zeit lieber aus dem Weg gegangen bin.

»Und jetzt, Heißmatz? Was machen wir nun?«

Zur Abwechslung wußte ich sogar mal eine Antwort auf diese ennervierende Frage.

»Dieser Weg muß ja irgendwo hinführen. Schon seine bloße Existenz ist ein Hinweis darauf, daß wir in dieser Dimension nicht allein sind.«

»Ich dachte, das wüßten wir bereits«, versetzte Guido halblaut. »Deshalb sind wir schließlich hier.«

Ich schenkte ihm meinen finstersten Blick.

»Ich glaube mich erinnern zu können, daß da doch eine *klitzekleine* Debatte stattgefunden hat, ob man uns angelogen hat, daß Aahz in Gefangenschaft geraten ist, oder nicht. Wenn es hier eine Straße gibt, dann ist es ziemlich unwahrscheinlich, daß mein Partner oder die Leute, hinter denen er hergejagt ist, sie gebaut haben. Das bedeutet, daß wir es mit Eingeborenen zu tun bekommen werden ... möglicherweise mit ziemlich feindseligen.«

»Stimmt«, warf Massha schnell ein. »Nun schluck mal deine Kommentare runter, Guido. Ich will nämlich hören, was für einen Plan wir haben, und ich mag es nicht, durch Kleinigkeiten aufgehalten zu werden.«

Der Leibwächter legte seine Stirn in Falten, blieb aber stumm.

»Gut. Wir müssen also diesem Weg folgen und feststellen, wohin er führt. Haltet euch dicht am Straßenrand, und macht euch bereit, euch sofort in Luft aufzulösen, falls ihr jemanden hören solltet. Wir wissen nicht, wie die Einheimischen hier aussehen, und bevor ich kein Arbeitsmodell habe, ist es zwecklos zu versuchen, uns zu tarnen.«

Mit diesem allgemeinen Marschbefehl setzten wir uns im Dunkeln in Bewegung und verhielten uns möglichst leise, um niemanden auf uns aufmerksam zu machen. Bald darauf gelangten wir an einen Entscheidungspunkt: Der Weg mündete in einen anderen, viel größeren, und meine Gehilfen blickten mich erwartungsvoll an. Achselzuckend fällte ich eine Entscheidung, die ohnehin nur willkürlich sein konnte, und führte sie die neue Straße entlang nach rechts. Während wir weitergingen, dachte ich mit einiger Verärgerung darüber nach, daß Massha und Guido, obwohl sie beide wußten, daß ich das Gebiet ebensowenig kannte wie sie, es mir überlassen hatten, den Weg auszusuchen.

Mein Gedankengang wurde durch Stimmen unterbrochen, die uns entgegenkamen. Die beiden anderen nahmen sie ebenfalls wahr, und so verschmolzen wir ohne ein weiteres Wort und ohne jedes Signal mit dem Unterholz. Ich kauerte mich nieder und spähte angestrengt auf die Straße, ganz gespannt darauf, endlich die hiesigen Lebensformen kennenzulernen.

Ich brauchte nicht lange zu warten. Zwei Gestalten erschienen, anscheinend ein junges Pärchen, das sich im Gehen unterhielt und lachte. Sie erschienen mir ziemlich normal, was eine Erleichterung war, wenn ich die Formen bedachte, die ich in einigen der anderen Dimensionen hatte imitieren müssen. Sie waren humanoid genug, um als Klahds durchzugehen ... oder als Jahks, um genau zu sein, denn sie waren ein bißchen blaß. Ihre Kleidung war der meinen nicht unähnlich, höchstens etwas bunter. Als ich all dies mit einem Blick festgestellt hatte, beschloß ich, meinen ersten Versuch zu machen, an Informationen heranzukommen. Ich meine, nach all meinen Befürchtungen waren sie doch die reinste Enttäuschung, warum sollte ich es also nicht riskieren? Verglichen mit einigen anderen Lebewesen, mit denen ich in der Vergangenheit zu tun bekommen hatte, erschien mir dies wie ein Kinderspiel.

Ich gab den anderen ein Signal, sich nicht vom

Fleck zu rühren, und trat hinter dem Pärchen auf den Weg.

»Entschuldigung!« rief ich. »Ich bin neu hier und könnte ein bißchen Hilfe gebrauchen. Könntet ihr mir wohl sagen, wie ich zur nächsten Stadt komme?«

Dolmetschanhänger gehörten zur Standardausrüstung eines Dimensionsreisenden, und da ich gerade einen trug, brauchte ich nicht zu befürchten, man könnte mich nicht verstehen.

Das Pärchen drehte sich zu mir um, und das erste, was mir auffiel, waren ihre Augen. Das »Weiße« ihrer Augen glühte dunkelrot, was mir einen Schauer den Rücken hinunterjagte. Mir fiel ein, daß ich die Einheimischen vielleicht doch ein wenig genauer hätte studieren können, bevor ich versuchte, mich als einer der ihren auszugeben. Aber mir wurde schnell bewußt, daß ich mich bereits auf diese Vorgehensweise eingelassen hatte und mir nun so oder so den Weg freibluffen mußte. Schließlich wurde mir auch noch klar, daß ich ein lebensmüder Idiot war und daß ich nur hoffen konnte, daß Massha und Guido ihre Unterstützungswaffen bereit machten, um mich vor den Folgen meiner eigenen Ungeduld zu bewahren.

Merkwürdigerweise schien das Pärchen jedoch nichts Ungewöhnliches an mir zu entdecken.

»Die nächste Stadt? Das ist Blut. Ist nicht weit von hier, wir kommen gerade von da. Dort gibt es ein ziemlich wildes Nachtleben, falls du auf so was stehst.«

Irgendwas an seinem Mund störte mich, doch ich konnte nicht genauer hinschauen, ohne den Blickkontakt zu unterbrechen, also fuhr ich, von der Tatsache, akzeptiert worden zu sein, beschwingt mit dem Gespräch fort.

»Eigentlich bin ich nicht so fürs Nachtleben zu

haben. Ich versuche gerade, einen alten Freund zu finden, den ich verloren habe. Gibt es in Blut eine Post oder eine Polizeistation, wo ich nachfragen könnte?«

»Etwas noch viel Besseres«, lachte der Mann. »Du mußt nur mit dem Verschicker sprechen. Der weiß alles über jeden. Das dritte Warenhaus nach dem Stadteingang links. Er hat die gesamte zweite Etage in ein Büro verwandelt. Wenn der dir nicht weiterhelfen kann, dann kann es niemand.«

So wichtig die Information auch war, schenkte ich ihr doch nur meine halbe Aufmerksamkeit. Als der Mann gelacht hatte, hatte ich seinen Mund besser erkennen können. Seine Zähne waren ...

»Schau dir mal seine Zähne an!« keuchte das Mädchen plötzlich.

»Meine Zähne?« Ich zuckte zusammen und bemerkte erschrocken, daß sie mich mit unverhohlenem Erstaunen anstarrte.

In der Zwischenzeit war ihr Begleiter merklich blasser geworden und wich ein Stück zurück.

»Du ... du bist ... Woher kommst du?«

Ich versuchte mein Bestes, ein natürliches Verhalten an den Tag zu legen, um herauszubekommen, was hier los war, und so trat ich einen Schritt vor, um unseren vorherigen Gesprächsabstand wieder herzustellen.

»Vom Schloß dort hinten auf dem Hügel. Ich wollte gerade ...«

»VOM SCHLOSS!?!«

Blitzartig wirbelte das Paar herum und floh vor mir die Straße entlang.

»Monster!! Hilfe!! MONSTER!!!«

Ich selbst wirbelte ebenfalls herum und warf einen Blick hinter mich, um festzustellen, was ihnen einen solchen Schrecken eingejagt hatte. Doch als ich die leere Straße vor mir sah, begann es mir langsam zu dämmern. Die hatten Angst vor *mir*! Monster?

Von allen Reaktionen, mit denen ich bei unserem Empfang in diesem neuen Land gerechnet hatte, war dies die unwahrscheinlichste, die ich mir nicht einmal in meinen kühnsten Träumen vorgestellt hätte.

Ich? Ein Monster?

»Ich glaube, Große Nummer, wir haben Probleme«, bemerkte Massha, als sie zusammen mit Guido aus dem Gehölz an meine Seite trat.

»Ach nein! Wenn mich nicht alles täuscht, hatten die Angst vor mir.«

Sie seufzte schwer und schüttelte den Kopf.

»Das habe ich nicht gemeint. Hast du ihre Zähne gesehen?«

»Seine Zähne, ja«, sagte ich. »Die Eckzähne waren lang und spitz. Ziemlich komisch, nicht?«

»Überhaupt nicht komisch, heißer Matz. Denk mal drüber nach. Ich gehe jede Wette ein, daß du dich da gerade mit zwei Vampiren unterhalten hast.«

V

»Wer will denn schon ewig leben?«

Graf Dracula

»Vampire«, sagte ich vorsichtig.

»Klar. Paßt auch alles ins Bild«, meinte Massha und nickte dabei. »Die bleiche Haut, die spitzen Fänge, die rot geäderten Augen, und die Art, wie sie sich in Fledermäuse verwandelt haben ...«

»In Fledermäuse verwandelt?«

»Das hast du nicht mitbekommen, Boß«, warf Guido erklärend ein. »Du hast gerade hinter dich geschaut. War wirklich die unglaublichste Sache, die ich je gesehen habe. Gerade rannten sie noch um ihr Leben – und plötzlich flattern sie davon in die Dunkelheit. Sind eigentlich alle anderen Dimensionen so?«

»Vampire ...«

Eigentlich war ich gar nicht sonderlich schockiert. Wenn ich bedachte, in was für Abenteuer Aahz und ich in sogenannten »erforschten und für sicher befundenen« Dimensionen geraten waren, war es nur natürlich, hier etwas ziemlich Außergewöhnliches vorzufinden. Ich war sogar eher ein wenig erleichtert. Der Schleier war gelüftet – und es war alles gar nicht so schrecklich schlimm! Das heißt, es hätte schlimmer kommen können. (Wenn ich in Aahz' Gesellschaft irgend etwas gelernt hatte, so die Fähigkeit einzusehen, daß alles immer noch schlimmer hätte kommen können!) Die gegenwärtige Konversation war nichts als ein raffinierter Schachzug, um mein Bemühen zu kaschieren, diese neugewonnene Information zu verdauen und zu beschließen, was damit anzufangen war.

»Vampire sind in allen Dimensionen sehr selten«, erklärte mein Lehrling und sprang mir zur Seite, um Guidos Frage zu beantworten. »Und außerdem sind sie überall ziemlich gefürchtet. Ich begreife nur nicht, weshalb die beiden sich vor Skeeve so geängstigt haben.«

»Und außerdem«, warf ich nachdenklich ein, »ist da noch die Frage, ob wir wirklich mit Sicherheit davon ausgehen können, daß diese ganze Dimension von Wesen bevölkert ist wie diesen beiden, die wir gerade kennengelernt haben. Ich weiß zwar, daß das ziemlich unwahrscheinlich ist, aber möglicherweise sind wir ausgerechnet den beiden einzigen Vampiren begegnet, die es hier überhaupt gibt.«

»Ich weiß ja nicht, Großmann. Die haben sich so benommen, als wären sie hier zu Hause, und sie haben mit Sicherheit nicht damit gerechnet, daß du irgendwas an *ihrem* Aussehen merkwürdig finden könntest. Ich schätze eher, daß die hier die Norm sind und wir die Ausnahme.«

»Wie auch immer«, fällte ich schließlich meine Entscheidung. »Jedenfalls sind es die beiden einzigen Exemplare, mit denen wir arbeiten können, also werden wir uns so lange daran halten, bis wir eines Besseren belehrt werden.«

»Und was sollen wir gegen einen Haufen Vampire unternehmen?«

Als Leibwächter schien Guido sich Sorgen wegen unserer Einschätzung der Lage zu machen.

»Ganz ruhig bleiben!« meinte ich lächelnd. »Als erstes ist jetzt der gute alte Tarnzauber an der Reihe. Hier und da ein bißchen Kosmetik, und schon kann man uns nicht mehr von den Einheimischen unterscheiden. Dann können wir durch eine ganze Vampirstadt spazieren, ohne aufzufallen.«

Mit diesen Worten schloß ich die Augen und machte mich ans Werk. Wie ich meinem Gefolge schon erklärt hatte, würde das eine Kleinigkeit sein: das normale Aussehen beibehalten, nur die Haut ein wenig bleicher färben, längere Fangzähne und ein künstliches Rotfärben der Augen – fertig.

»Gut«, sagte ich und öffnete wieder die Augen. »Und was liegt als nächstes an?«

»Ich mag dir ja nicht deine eigenen Worte um die Ohren hauen, Heißmatz«, erwiderte Massha gedehnt, »aber hast du nicht gerade irgendwas davon gesagt, daß wir erst mal eine Tarnung durchführen, bevor wir weitergehen?«

»Natürlich. Deshalb habe ich doch auch gerade ... Moment mal! Soll das heißen, daß wir immer noch genauso aussehen wie vorher?«

Eines der Probleme beim Verhängen eines Tarnzaubers besteht darin, daß ich als Ausführender die Wirkung nicht selbst erkennen kann. Das heißt: Ich sehe die Leute immer so, wie sie sind, ob ich nun den Zauber verhängt habe oder nicht. Ich hatte mich schon so an meinen Zauber gewöhnt, daß mir überhaupt nicht der Gedanke gekommen war, er könne nicht funktionieren.

Massha und Guido wechselten Blicke, die alles andere als gelassen waren.

»Hmmm ... vielleicht hast du's bloß vergessen.«

»Versuch's noch mal.«

»Genau! Und vergiß diesmal nicht ...«

»Einen Augenblick, ihr zwei!« sagte ich in meinem autoritärsten Ton. »Aus eurer Reaktion schließe ich, daß die Antwort ›ja‹ lautet. Das heißt, der Zauber hat nicht funktioniert. Also beruhigt euch mal ein wenig und laßt mich nachdenken. In Ordnung?«

Zur Abwechslung hörten sie mal auf mich und verfielen in ein respektvolles Schweigen. Am liebsten hätte ich mir eine Minute gegönnt, um meinen Triumph auszukosten, aber dafür machte mir das Problem zu sehr zu schaffen.

Der Tarnzauber war einer der ersten Zauber, die ich gelernt hatte, und bisher war er eines meiner besten und zuverlässigsten Werkzeuge gewesen. Wenn er nicht funktionierte, war irgend etwas fürchterlich faul. Nun wußte ich allerdings genau, daß mein Wissen um den Zauber beim Durchschreiten der Tür nicht beeinträchtigt worden war, was wiederum bedeutete, wenn irgendwo etwas nicht stimmte, es wohl ...

»He, Heißer Junge! Überprüf doch mal die Kraftlinien!«

Offenbar waren mein Lehrling und ich zur gleichen Zeit zu der gleichen Schlußfolgerung gelangt. Ein kurzes Überprüfen des Himmels über unseren Köpfen und der Umgebung bestätigte mir meine schlimmsten Befürchtungen. Zuerst nahm ich an, daß es hier überhaupt keine Kraftlinien gebe, doch dann merkte ich, daß sie zwar da waren, aber so schwach, daß ich fast meine ganzen Kraftreserven darauf verwenden mußte, sie auch nur auszumachen.

»Was sind das, Kraftlinien?« wollte Guido wissen.

Massha seufzte ungeduldig.

»Wenn du schon bei unserer Truppe bist, Bösewicht, solltest du dir auch ein paar Kenntnisse über das Magikgeschäft aneignen ... oder zumindest den Fachjargon. Kraftlinien sind unsichtbare Energieströme, die durch den Boden und die Luft fließen. Das ist die Kraftquelle, mit deren Hilfe wir unsere Kaninchen-aus-dem-Zylinder-Nummern ziehen. Das bedeutet, daß wir in einem Land wie diesem hier, wo die Kraftlinien entweder gar nicht existieren oder nur sehr schwach sind ...«

»... keinen Saft in der Strippe haben«, beendete der Leibwächter ihren Satz. »He, Boß! Wenn das stimmt, was sie sagt, wieso konnten diese beiden Typen gerade dann trotzdem ihren Fledermaustrick abziehen?«

»Weil sie *sehr* sehr gut in Sachen Magik sind. Mit so wenig so viel zu leisten, das bedeutet, daß sie kein bißchen auslassen, wenn sie die Kraftlinien anzapfen. Kurz gesagt, sie sind wesentlich besser als Massha und ich, was das Magikspiel angeht.«

»Das leuchtet ein«, stimmte mir Massha nickend zu. »In sämtlichen Dimensionen, in denen ich gewesen bin, waren die Vampire, wenn es welche gab, mit die größten Magiker überhaupt. Wenn das hier alles ist, womit sie üben können, verstehe ich auch, wieso sie Amok laufen, wenn sie mal in eine Dimension kommen, in der die Kraftlinien reichlich und mächtig strömen.«

Ich rieb mir die Stirn und versuchte verzweifelt, gleichzeitig zu denken und den Kopfschmerz abzuwehren, der gerade auf mich zuzukommen schien. Genau nach Plan wurde alles plötzlich immer schlimmer!

»Du hast wahrscheinlich nichts in deiner Schmucksammlung, mit dem wir uns tarnen könnten, wie?«

Trotz unserer mißlichen Lage stieß Massha ein leises Lachen aus.

»Denk doch mal nach, Große Nummer! Wenn ich etwas hätte, mit dem ich Tarnzauber bewerkstelligen könnte, würde ich dann vielleicht so rumlaufen?«

»Also müssen wir es mit einer Welt voller Riesenmagikern aufnehmen, während unser eigener Feuerschutz an Munitionsmangel krankt«, faßte Guido die Situation zusammen.

»Na gut, dann wird's eben ein bißchen heikler als erwartet. Vergeßt nicht, daß mein Partner in den letzten Jahren auch ohne sämtliche magischen Kräfte ganz gut zurechtgekommen ist.«

»Dein Partner sitzt auch bloß gerade wegen Mord im Knast«, versetzte Guido spitz. »Deshalb sind wir überhaupt hier, oder hast du das schon vergessen?«

»Außerdem«, fuhr ich fort und ignorierte seine Bemerkung (noch so eine Kleinigkeit, die ich von Aahz gelernt hatte), »haben wir nie vorgehabt, es ›mit einer ganzen Welt aufzunehmen‹. Wir wollen lediglich ein kurzes, knappes Stoßtruppunternehmen durchführen, uns Aahz schnappen und zurückkehren, wobei wir so wenig Kontakt zu den Einheimischen herstellen wollen wie möglich. All das bedeutet lediglich, daß wir ein bißchen vorsichtiger sein müssen, sonst nichts.«

»Und was ist mit dem Trio, das wir eigentlich jagen und einfangen wollten?«

Ich dachte kurz an die Blondine, die uns vor Aahz' Mißgeschick gewarnt hatte.

»Das gehört bereits zum vorsichtigeren Taktieren«, verkündete ich feierlich. »Falls ... ich meine, *falls* wir Aahz aus dem Gefängnis befreien können, kehren wir sofort nach Hause zurück und freuen uns über unser Glück. Na schön, dann ... müssen wir die Täufler eben auszahlen. Das ist ... ein geringer Preis, für ... für ...«

Ich merkte, daß mein Gefolge mich leicht entsetzt anschaute. Ich merkte außerdem, daß meine Worte immer langsamer und schmerzlicher geworden waren, als ich das Thema der Auszahlung der Täufler berührte.

Ich räusperte mich und versuchte es noch einmal.

»Ahem! Sagen wir mal, daß wir eine neue Lagebesprechung machen, wenn wir Aahz erst mal haben. In Ordnung?«

Meine Helfer wirkten zwar immer noch nicht völlig überzeugt, aber ich hielt es für das Beste, das Thema zu wechseln.

»Und was unsere Gegner angeht, so sollten wir zunächst mal unser Wissen über Vampire miteinander vergleichen, damit wir feststellen können, womit wir zu rechnen haben. Also, wir wissen, daß sie sich in Fledermäuse oder Katzen verwandeln können ...«

»... oder auch einfach in eine Nebelwolke«, warf Massha ein.

»Blut trinken die«, meinte Guido grimmig.

»Sie mögen kein helles Licht und keine Kreuze ...«

»... und können dadurch getötet werden, daß man ihnen einen Pflock durchs Herz treibt oder ...«

»Blut trinken die.«

»Genug, genug! Ja, gut, sie trinken Blut. Zufrieden, Guido?«

Langsam ging mir der ständige Pessimismus meines Leibwächters ziemlich auf die Nerven. Ich meine, wir waren alle nicht sonderlich erbaut von der Entwicklung der Dinge, aber es hatte schließlich auch keinen Zweck, sich immer nur auf die negativen Seiten zu konzentrieren.

»Tut mir leid, Boß. Schätze, in meinem Beruf sieht man nach 'ner Weile schon rein gewohnheitsmäßig immer schwarz.«

»Knoblauch!« rief Massha plötzlich.

»Wie?«

»Ich sagte ›Knoblauch‹«, wiederholte sie. »Vampire mögen keinen Knoblauch!«

»Das stimmt! Wie steht's Guido? Hast du vielleicht etwas Knoblauch dabei?«

Der Leibwächter wirkte richtig verlegen.

»Kann das Zeug nicht ausstehen«, gestand er. »Die anderen Jungs vom Syndikat haben mich immer deswegen angemacht, aber ich kriege Ausschlag davon.«

Wunderbar! Wir hatten wahrscheinlich das einzige Syndikatsmitglied bei uns, das allergisch gegen Knoblauch war! Noch eine brillante Idee, die sich in Rauch auflöste.

»Na gut«, sagte ich mit schwerem Seufzen. »Jetzt wissen wir wenigstens, mit wem wir es zu tun haben.«

»Ähhh ... sag mal, Heißmatz?« warf Massha leise ein. »Mal ohne Quatsch: Übernehmen wir uns da nicht ein bißchen? Ich meine, der Bösewicht hier kann uns zwar rein physisch ein bißchen Rückendekkung geben, aber ich bin mir nicht sicher, daß mein Schmuck uns magisch genug Schutz bietet.«

»Ich weiß diesen Vertrauensbeweis ja wirklich zu schätzen.« Guido lächelte traurig. »Aber ich glaube nicht, daß meine Schießeisen uns viel gegen Vampire nützen. Wenn der Boß magikmäßig abgetakelt ist ...«

»Nun schieb mich mal nicht so hastig aufs Altenteil! Meine Magik mag zwar nicht gerade auf Hochtouren laufen, aber wenn die Sache knifflig werden sollte, kann ich immer noch ein bis zwei Nummern abziehen.«

Massha runzelte die Stirn. »Aber die Kraftlinien ...«

»Bisher habe ich bei deinem Unterricht eine Kleinigkeit ausgelassen, Lehrling«, gestand ich mit selbstzufriedenem Feixen. »Es war auch nicht wirklich nötig, weil es auf Tauf ja mehr als genug Energie gibt ... ich hab's mir sogar selbst ziemlich abgewöhnt. Na ja, jedenfalls geht es darum, daß man nicht unbedingt immer die Kraftlinien anzapfen muß, um Magik durchführen zu können. Man kann die Energie auch innerlich speichern wie eine Batterie, so daß welche da ist, wenn man sie braucht. Während ihr euch unterhalten habt, habe ich mich aufgeladen, so daß ich bei Bedarf durchaus ein bißchen magische Tarnung herstellen kann. Natürlich nichts langfristiges wie einen Dauertarnzauber, und ich muß auch mit meinen Kräften haushalten, weil es hinterher immer eine Weile dauert, bis ich mich wieder aufgeladen habe, aber auf jeden Fall sind wir nicht nur von deinem Schmuck allein abhängig.«

Ich hatte eigentlich erwartet, daß meine Mitarbeiter ein wenig erfreuter reagieren würden, wenn sie hörten, daß ich doch nicht völlig hilflos war. Doch statt dessen sahen sie nur betreten drein. Sie wechselten Blicke miteinander, sahen in den Himmel und schließlich auf den Erdboden.

»Hmmmm ... soll das heißen, daß wir weitermachen?« fragte Guido schließlich.

»Genau«, bestätigte ich. »Ich hätte höchstwahrscheinlich sogar dann noch weitergemacht, wenn ich überhaupt keine Kräfte mehr gehabt hätte. Mein Partner sitzt irgendwo dort draußen in der Patsche, und ich werde wenigstens *versuchen,* ihm zu helfen. Für euch würde ich genau das gleiche tun, aber im Augenblick reden wir über Aahz. Er hat mir öfter das Leben gerettet, als ich aufzählen mag. Ich kann einfach nicht ...«

Ich nahm mich zusammen und fing noch einmal an.

»Hört mal«, sagte ich diesmal etwas beherrschter. »Ich gebe zwar zu, daß wir nicht mit dieser Vampirgeschichte gerechnet haben, als wir loszogen, und diese Beschränkung unserer Magik ist Grund genug, sich die Sache noch mal zu überlegen. Wenn einer von euch oder ihr alle beide lieber nach Hause zurückkehren wollt, dann könnt ihr das von mir aus ohne Gewissensbisse tun. Der einzige Grund, weshalb ich weitermache, ist der, daß ich mich eben kenne. Was immer vor mir liegen mag – es kann mit Sicherheit nicht so schlimm sein wie das, was ich durchmachen würde, wenn ich Aahz sterben ließe, ohne mein Bestes zu versuchen, um ihn wieder rauszuhauen. Aber das gilt eben nur für mich. Wenn ihr wollt, dann geht ruhig zurück.«

»Nun reg dich doch nicht gleich so auf, Heißmatz«, tadelte Massha mich sanft. »Ich weiß zwar immer noch nicht, ob ich dir 'ne große Hilfe sein kann, aber mitkommen werde ich auf jeden Fall. Ich hätte wahrscheinlich genau das gleiche Problem, wenn dir etwas zustoßen sollte und ich nicht dabei wäre und wenigstens versuchen würde, es zu verhindern. Schließlich bin ich *dein* Lehrling, nicht wahr?«

»Die Leibwächterei ist ja nichts Besonderes, aber es ist nun mal alles, was ich kann«, meinte Guido düster. »Ich habe die Aufgabe, deinen Leib zu bewachen, also gehe ich mit, wo immer er auch hingehen mag. Ich bin nur nicht gerade aus dem Häuschen, was unsere Überlebenschancen angeht, falls du verstehst, was ich meine.«

»Dann wäre die Sache also geklärt«, sagte ich entschieden. »Also gut. So, wie ich das sehe, ist unsere nächste Station Blut.«

»Blut«, wiederholte Massha sorgfältig.

»Genau. Ich will mir diesen Verschickerburschen mal vorknöpfen und rausfinden, was er zu sagen hat. Ich meine, Stadt bleibt Stadt, und wir haben schon öfter fremde Städte besucht. Was wir im Augenblick wirklich brauchen, sind Informationen, und die nächstgelegene Informationsquelle ist Blut.«

»Der Verschicker«, sagte Massha ohne sonderliche Begeisterung.

»Blut«, wiederholte Guido und klang dabei noch unerfreuter.

Mir kam der Gedanke, daß meine Gehilfen zwar wild entschlossen waren, während dieser Unternehmung zu mir zu halten, wenn ich jedoch begeisterte Unterstützung suchte, die aus tiefstem Herzen kam, würde ich mich wohl an die Einheimischen wenden müssen – eine Aussicht, in die ich keine allzugroße Hoffnungen setzte.

VI

»Agenten sind Vampire mit Telephon!«
unbekannter Redakteur

Erinnern Sie sich noch daran, wie ich sagte, daß eine Stadt wie die andere ist? Schön, dann vergessen Sie's am besten wieder. Obwohl ich schon einen Haufen Dimensionen besucht und zahlreiche Städte kennengelernt hatte, mußte ich doch zugeben, daß Blut selbst in meinen Augen ein wenig seltsam aussah.

Alles schien mit tödlicher Kompromißlosigkeit in Schwarz gehalten zu sein. (Vielleicht ist der Ausdruck »mit tödlicher Kompromißlosigkeit« nicht gerade glücklich gewählt. Wie dem auch sei, jedenfalls trifft es die Sache ziemlich genau.) Und wenn ich sage »alles«, dann meine ich wirklich absolut *alles!* Pflastersteine, Mauern, Dachziegel, alles folgte demselben phantasielosen Farbschema. Vielleicht hätten die Schwarztöne selbst nicht halb so unheilvoll und düster gewirkt, wäre da nicht auch noch überall, wo man auch hinsah, diese architektonische Ornamentik gewesen: Steinerne Drachen und Schlangen verzierten jedes Gesims und jede Mauerkante, zusammen mit den unvermeidlichen Wasserspeiern und natürlich Fledermäusen. Und damit meine ich nicht einfach nur irgendwelche »Fledermäuse« sondern *»FLEDERMÄUSE«!!!* Große Fledermäuse, kleine Fledermäuse, Fledermäuse mit halbgespreizten Flügeln,

Fledermäuse mit gänzlich ausgebreiteten Flügeln … eben *FLEDERMÄUSE!!!* Das einzige, was ihnen gemeinsam war (außer der schwarzen Farbe), waren ihre Münder voller nadelspitzer Zähne … ein Anblick, der wenig dazu beitrug, meine ohnehin schon nervöse Mannschaft zu beruhigen. Ich spürte, wie die Spannung wuchs, als wir unter den Nasen dieser wilden Ziergestalten dahinschritten. Fast erwartete man, daß die steinernen Figuren jeden Augenblick zum Leben erwachen und sich auf einen stürzen würden, um sich ein oder zwei Literchen Blut als Abendmahlzeit zu genehmigen.

»Richtig heiteres Örtchen, was?« fragte Massha und musterte dabei die Dachgiebel.

»Ich will mich ja nicht beschweren, Boß«, log Guido frech, »aber ich habe schon Friedhöfe erlebt, die weitaus gemütlicher waren.«

»Wollt ihr wohl endlich die Klappe halten!« raunzte ich so gut ich konnte durch meine zusammengekniffenen Lippen. »Denkt an unsere Tarnung.«

Ich hatte meinen Tarnzauber bereits aktiviert, als wir in die Stadt gekommen waren, doch um magische Energie zu sparen, hatte ich lediglich unsere Augen rot eingefärbt. Wenn irgend jemand auf der Straße – und es gab hier Leute zuhauf – unsere Zähne bemerken sollte, würde die Bombe ein für allemal platzen. Obwohl – vielleicht auch nicht. Wir wußten immer noch nicht, weshalb das Pärchen, dem wir auf der Straße begegnet waren, vor mir solche Angst gehabt hatte, aber ich wollte den Erfolg unserer Mission nicht auf der vagen Hoffnung aufbauen, daß die ganze Stadt vor uns davonjagen würde, wenn wir unsere Tarnung aufhoben.

Zum Glück hatte ich unsere Garderobe magisch

unberührt lassen können. Verglichen mit den Vampiren auf der Straße nahmen wir uns eher etwas schäbig aus. Obwohl die meisten recht jung aussahen, kaum älter als ich, gab es Exemplare jeder Größe und Gestalt, und sie waren in die buntesten und schreiendsten Kleidungsstücke gehüllt, die zu sehen ich jemals das Unglück hatte, während sie einander etwas zuriefen, aus den Gaststätten entlang der Straße hervortraten oder in ihnen verschwanden.

Inzwischen war es Nacht. Die Wolken hatten sich so weit verzogen, daß sie den sternenbesäten Himmel freigaben, und die Vampire schienen, ihrem Ruf getreu, das Nachtleben zu genießen.

»Wenn jeder hier ein Vampir ist«, sagte Guido, meine Mahnung mißachtend, »woher kriegen die denn dann die Leute, denen sie Blut aussaugen können?«

»Soweit ich das sehe«, erwiderte Massha, die ebenfalls meinen Schweigebefehl ignorierte, »kaufen sie es in Flaschen.«

Sie deutete auf eine Gruppe von Vampiren, die auf einer niedrigen Mauer saßen und fröhlich eine Flasche mit einer roten Flüssigkeit herumreichten. Obwohl wir ja wußten, wo wir uns befanden, hatte ich unterbewußt einfach angenommen, daß sie Wein tranken. Mit der logisch unausweichlichen Feststellung konfrontiert, daß das Zeug, das sie da zu sich nahmen, nicht gekeltert, sondern allenfalls punktiert worden war, machte mein Magen eine Rolle seitwärts und schwenkte nach rechts in die Tiefe.

»Wenn ihr beide mit der Besichtigung der Sehenswürdigkeiten fertig seid«, zischte ich, »dann wollen wir möglichst schnell diesen Verschickertyp aufsuchen, bevor uns noch einer auf ein Glas einlädt.«

Damit führte ich meine etwas eingeschüchterten

Gehilfen weiter, wobei wir den feiernden Vampiren zunickten und -winkten. Tatsächlich schienen sie alle eine Menge Spaß zu haben, und ich wäre fast versucht gewesen, mich zu ihnen zu gesellen, wäre da nicht die Dringlichkeit unserer Mission gewesen ... und natürlich auch die Tatsache, daß es eben *doch* Vampire waren.

Den Anweisungen folgend, die mir das Pärchen auf der Straße vor seiner panikartigen Flucht gegeben hatte, fanden wir mühelos das Büro des Verschikkers. Massha und ich ließen Guido draußen Schmiere stehen und schritten mutig die Stufen hinauf ins Büro.

So seltsam die Stadt Blut auch aussah, war ich dadurch keinesfalls auf das vorbereitet, was wir in diesem Raum vorfanden.

Die Wände waren mit Hunderten von Glasbildern übersät, Bildern, die bewegliche, lebendige Dinger zeigten oder Szenen von unbeschreiblicher Gewalttätigkeit gegenüber offensichtlich hilflosen Opfern. Der Gesamteffekt war weder entspannend noch angenehm ... mit Sicherheit war das nichts, was ich bei mir zu Hause gerne an der Wand hängen hätte.

Die Bilder fesselten meine Aufmerksamkeit jedoch in solchem Ausmaß, daß ich beinahe den Verschicker übersah, bis er sich schließlich von seinem Schreibtisch erhob. »Erheben« ist vielleicht nicht das richtige Wort dafür, denn tatsächlich hopste er von seinem Stuhl herunter, der ohnehin schon recht hoch war, und durch ein Sitzkissen noch um einiges erhöht wurde.

Er kam breit lächelnd auf uns zu, die Hand zum Gruß vorgestreckt.

»Hallo ihr ich heiße Vilhelm euer Problem ist mein Problem nehmt nicht Platz stehende Probleme löse ich umsonst für sitzende Probleme berechne ich angemessene Honorare nur ein paar Prozent Provision was kann ich für euch tun?«

Das alles kam als einziger Satz heraus, er sprach ohne Punkt und Komma. Allerdings ergriff er meine Hand, pumpte sie zwei Mal, wiederholte das gleiche bei Massha, griff wieder nach meiner Hand ... und all das, bevor er noch zu Ende gesprochen hatte.

Alles in allem war das ziemlich überwältigend. Ich bekam einen flüchtigen Eindruck von einem kurzen, stämmigen Burschen mit dicklichen rosa Wangen und einem ziemlich ausgeprägten nervösen Tick. Ich hatte mir mit Absicht vorher keine Gedanken darüber gemacht, wie der Verschicker wohl aussehen würde, aber ein Putten-Vampir hätte wahrscheinlich ohnehin meine Vorstellungskraft gesprengt.

»Ich ... ähhhh ... woher weißt du, daß ich ein Problem habe?«

Das trug mir ein erneutes Händequetschen und ein Augenzwinkern ein.

»Niemand kommt hierher, wenn er kein Problem hat«, sagte er und ging endlich zu einer etwas langsameren Sprechweise über. »Ich meine, ich könnte immer ein bißchen Hilfe gebrauchen, aber meint ihr, es käme mal jemand vorbei, um mich zu unterstützen? Nicht die Bohne. Anscheinend kriege ich immer nur dann andere Gesichter aus Fleisch und Blut zu sehen, wenn es für mich Arbeit bedeutet. Beweist mir doch das Gegenteil ... bitte! Sagt mir, daß ihr gekommen seid, um den Laden für eine Stunde oder so zu übernehmen, damit ich mal eben hinaushuschen kann, um einen Happen zu trinken.«

»Na ja, eigentlich hätten wir schon ein Problem, und man hat uns gesagt ...«

»Siehst du! Was habe ich gesagt? Also gut. Was

habt ihr? Ein stehendes oder ein sitzendes Problem? Stehende Probleme behandle ich um...»

Schon war er wieder in Fahrt. In dem verzweifelten Versuch, unseren Besuch möglichst kurz zu halten, unterbrach ich seine Tirade.

»Wir suchen nach einem Freund, der ...«

»Kein weiteres Wort! Ein Freund! Eine Sekunde!«

Damit sprang er wieder in seinen Stuhl, grabschte nach einem merkwürdig aussehenden Gerät auf seinem Schreibtisch, fummelte kurz daran herum und begann dann, hineinzusprechen.

»Ja, Darwin? Hier Vilhelm. Ich brauche ... klar ...«

Er lehnte sich zurück und schob das Gerät seitlich neben seinen Kopf, um nach einem weiteren zu greifen.

»Hier ist Vilhelm. Ist Kay da? ... Na gut, dann sag ihr Bescheid, wenn sie fertig ist ...«

Das zweite Gerät glitt unter dasselbe Ohr wie das erste, und er griff nach einem dritten.

»Ich weiß zwar, daß ich das nicht fragen sollte«, flüsterte ich Massha zu, »aber was macht er da?«

»Das sind Telephone«, erwiderte sie leise, während gerade ein viertes Gerät ins Spiel gebracht wurde. »Man spricht in das eine Ende hinein und der andere am anderen Ende, egal wer es ist, kann einen verstehen und antworten. Das ist besser, als in der ganzen Stadt rumzurennen, um eine Antwort zu bekommen.«

Inzwischen hatte der Vampir schon so viele Instrumente von Schultern und Armen herabhängen, daß er so aussah, als würde er gerade in einem Nest von lauter Schlangen angegriffen. Doch schien er damit ganz gut zurechtzukommen, denn er sprach immer abwechselnd in eines von diesen Geräten und hielt auf diese Weise mehrere Gespräche in Gang. Er sah aus wie ein Jongleur, der mit einem Korb voller Bälle jongliert.

»He, das ist aber toll!« rief ich. »Meinst du, wir könnten uns ein paar von den Dingern für unser Haus im Bazar anschaffen?«

»Glaub mir, die machen mehr Ärger, als du annimmst«, meinte Massha. »In null Komma nix verbringst du deine ganze Zeit am Telephon und redest mit Leuten, ohne noch irgendwas Vernünftiges zustande zu bringen. Außerdem, seitdem sie die Firma verstaatlicht haben ...«

»Ich glaube, ich hab's!« verkündete Vilhelm und sprang wieder auf den Boden hinunter. »Einen Freund habe ich mit Sicherheit für euch, aber wenn ich ehrlich bin, ist er nichts Halbes und nichts Ganzes. Ich kriege aber noch zwei Rückrufe, also wollen wir erst mal sehen, was die anzubieten haben, bevor ihr euch endgültig festlegt, okay?«

»Ähhhh ... ich glaube, hier liegt ein Mißverständnis vor«, sagte ich verzweifelt und versuchte, den Wahnsinn zu bremsen, bevor er noch größere Ausmaße annahm. »Ich suche nicht nach einem *neuen* Freund. Ich versuche vielmehr, einen Freund ausfindig zu machen, den ich bereits habe und der sich möglicherweise hier in der Stadt aufhält.«

Er blinzelte mehrmals, während sich diese Nachricht setzte. Mit einer unwillkürlichen Bewegung wollte er schon nach seinen Telephonen greifen, doch dann winkte er ihnen angeekelt ab.

»Zum Teufel damit«, seufzte er. »Wenn die irgendwas auftreiben, kann ich sie immer noch an jemand anderen mit Profit verscheuern. Also gut, fangen wir noch mal von vorne an. Du suchst nach einer bestimmten Person. Ein Stadtbewohner oder ein Durchreisender? Es wäre *durchaus* eine Hilfe, wenn du mir ein paar Grundinformationen geben könntest, weißt du?«

Er wirkte ein bißchen verärgert, und ich hätte gerne irgend etwas gesagt oder getan, was ihn aufgeheitert hätte. Doch bevor mir etwas Passendes einfiel, mischte sich mein Lehrling in das Gespräch ein.

»Hast ja 'ne Mordsapparatur hier, Schnelldenker. Darf ich mal fragen, was du eigentlich machst?«

Wie stets erwies sich Masshas Menschenkenntnis als weitaus besser als meine. Die Miene des kleinen Vampirs hellte sich merklich auf, als er das Kompliment vernahm, und sein Brustkorb schwoll an, während er mit seinem Bericht begann.

»Nun, die Berufsbezeichnung lautete ursprünglich Verschicker ... ihr wißt schon, wie in ›Verschicker von Alpträumen‹. Aber wie bei jedem anderen Job stellte sich irgendwann heraus, daß 'ne Menge Sachen dazu gehören, die eigentlich nicht in der Beschreibung der Tätigkeitsmerkmale berücksichtigt werden. Jetzt ist es eine Art Kombination von Verschicker, Reiseagent, Fundbüro und Meldestelle für vermißte Personen.«

»Alpträume?« fragte ich, unfähig, mich zu beherrschen.

»Klar. Alles, was aus der Dimension Vorhölle kommt, ob Träume oder echte Sachen, kommt hier durch. Wo kommst du denn her, daß du das nicht weißt?«

Verständlicherweise war ich nicht sonderlich wild darauf, das Gespräch mit einer Schilderung unseres Herkunftsortes fortzusetzen.

»Ähhh, kannst du uns wirklich helfen, unseren Freund zu finden? Er ist neu in der Stadt, genau wie wir.«

»Ach ja, richtig. Ihr sucht ja nach jemandem. Tut

mir leid, ich lasse mich immer ein bißchen hinreißen, wenn ich über meine Arbeit spreche. Neu in der Stadt, hm? Dürfte nicht so schwer sein, ihn zu orten. So viele Besucher bekommen wir auch wieder nicht.«

»Möglicherweise sitzt er im Gefängnis«, platzte Massha heraus, bevor ich begriff, was sie sagen wollte.

»Im Gefängnis?« Der Vampir furchte die Stirn. »Der einzige Auswärtige, der gerade im Gefängnis sitzt … He! Jetzt erkenne ich dich erst! Deine Augen haben mich einen Augenblick in die Irre geführt. Du bist doch Skeeve, nicht?«

Ich war völlig verdutzt.

»Schirm 97B!« erklärte er stolz und zeigte mit einer vagen Geste über seine Schulter. »Da gibt es jemanden, ungefähr ein Dutzend Dimensionen von hier, 'n Typ mit einem Hot dog-Stand, in dessen Alpträumen du eine Hauptrolle spielst. Du, ein Drache und ein Perverser. Gehe ich recht in der Annahme, daß unser gegenwärtiger Gefängnisinsasse kein anderer als dein Faktotum Aahz ist?«

»Um genau zu sein, es heißt Perfekter und nicht Perverser … aber davon abgesehen hast du recht. Das ist mein Partner, den ihr hier eingesperrt habt, und wir wollen ihn raushaben.«

Wahrscheinlich redete ich zuviel, aber in einer Dimension wiedererkannt zu werden, von deren Existenz ich bis vor kurzem noch nicht einmal etwas geahnt hatte, das haute mich einfach um. Und außerdem schien der Verschicker auf seine Entdeckung überhaupt nicht feindselig zu reagieren, eher neugierig.

»So, so. Skeeve höchstpersönlich. Hätte nie gedacht, daß ich dich mal kennenlerne. Irgendwann mußt du mir mal erzählen, was du diesem armen

Kerl angetan hast, daß er dich in seiner Alptraum-Hitparade auf den ersten Platz setzt.«

»Was ist mit Aahz?« fragte ich ungeduldig.

»Du weißt, daß er unter Mordanklage steht?«

»Das habe ich gehört, glaube es aber nicht. Er ist ja so manches, aber kein Mörder.«

»Gibt aber 'ne Menge Beweise«, meinte Vilhelm achselzuckend. »Aber sag mal – was hat denn diese Vampirverkleidung zu bedeuten? Du bist doch ebensowenig ein Vampir wie ich ein Klahd bin.«

»Das ist eine lange Geschichte. Sagen wir mal, das schien hier die ortsübliche Uniform zu sein.«

»Vertu dich nicht«, grinste der Verschicker. »Nehmt euch 'nen Stuhl ... kostenlos natürlich. Ich habe Zeit und 'ne Menge Fragen über die anderen Dimensionen. Vielleicht können wir ein paar Informationen austauschen.«

VII

»Ach, ist das alles aufregend ...«

Nero

»Ich verstehe wirklich nicht, wie du dieses Zeug trinken kannst«, bemerkte ich und musterte Vilhelms Kelch, der randvoll mit Blut gefüllt war.

»Merkwürdig«, erwiderte er lächelnd. »Ich wollte gerade dasselbe sagen. Ich meine, du weißt doch, was W. C. Fields über Wasser gesagt hat!«

»Nein, was denn?«

»Damit ich die Sache auch wirklich richtig kapiere«, unterbrach Guido, bevor ich eine Antwort bekam. »Du sagst also, daß ihr Vampirburschen den Leuten gar nicht wirklich das Blut aussaugt?«

»Och, ein paar von uns tun das schon«, meinte der Verschicker achselzuckend. »Aber das ist ein anerzogener Geschmack, so wie bei Steak und Tatar. Manche Leute behaupten, das sei ein Leckerbissen, aber ich selbst hab das Zeug nie leiden können. Ich kann darauf prima verzichten und halte mich lieber an die billige Haushaltsware.«

Zu diesem Zeitpunkt lümmelten wir alle drei im Büro des Verschickers herum, nippten an unseren jeweiligen Getränken und unterhielten uns prächtig miteinander. Wir hatten Guido von der Türwache abgerufen, und ich hatte unsere Tarnung aufgehoben, um mit meinen Energiereserven hauszuhalten.

Der Verschicker hatte mit seinen Telephonen gespielt und in eines nach dem anderen etwas hineingerufen. Dann hatte er sie alle niedergelegt und verkündet, daß er sie jetzt »im Griff« habe, was mir merkwürdig vorkam, da es das erste Mal seit einer halben Stunde war, daß er keinen der Apparate in der Hand hielt.

Vilhelm selbst stellte sich als unschätzbare Informationsquelle heraus und hatte, wie schon angekündigt, eine schier unersättliche Neugier, was alles Außerweltliche betraf.

»Wie erklärst du dir dann die ganzen Vampirlegenden in den anderen Dimensionen?« fragte Massha skeptisch.

Der Verschicker schnitt eine Grimasse.

»Zunächst einmal mußt du wissen, mit wem du es dabei eigentlich zu tun hast. Die meisten Typen, die außerhalb der Vorhölle auf ausgedehnte Reisen gehen, gehören zum Geldadel. Wir sprechen von den gelangweilten Reichen ... und das sind meistens ausgebrannte Leute, die nur noch auf Sensationen aus sind. Arbeitstiere wie ich können es sich gar nicht leisten, ihre Stellung so lange zu verlassen. Herrje, ich kann mir ja kaum meine zwei Wochen Urlaub pro Jahr erlauben. Jedenfalls gibt es weitaus mehr von uns in den Dimensionen, als ihr glaubt. Es ist nur, daß die Vernünftigen unter ihnen damit zufrieden sind, nicht weiter aufzufallen und sich unter die Einheimischen mengen. Ihnen genügt das Blut des einheimischen Viehs, wie hier zu Hause auch.

Die Probleme machen die anderen. Wie bei allen Touristengruppen gibt es auch unter ihnen ein paar, die meinen, nur weil sie in einer anderen Welt oder Stadt sind, würden für sie keine Regeln und Gesetze mehr gelten ... und das betrifft auch Manieren und guten Geschmack. Das sind diejenigen, die die Einheimischen verrückt machen und den Ruf der ›blutsaugenden Ungeheuer‹ verbreiten. Aber falls ihr euch dadurch besser fühlt – ihr Menschen habt hier, in der Dimension Vorhölle, auch nicht gerade den allerbesten Ruf.«

Das erregte meine Aufmerksamkeit.

»Könntest du das mal erklären, Vilhelm? Was können die Einheimischen hier denn für Probleme mit uns haben?«

Der Verschicker lachte.

»Dieselben, die ihr mit uns Vampiren habt. Auch wenn Menschen ebensowenig die Todesursache Nummer eins für Vampire sind wie Vampire für Menschen, ist der Tod durch einen Menschen doch einer der sensationellsten und stets am besten publizierte hier.«

»Ist das der Grund, weshalb die ersten Einheimischen, die wir getroffen haben, davongejagt sind wie Fledermäuse, die aus der Hölle fliehen ... wenn ich das mal so ausdrücken darf?« fragte Massha.

»Du hast es erfaßt. Ich schätze, ihr werdet feststellen, daß die Einwohner von Blut genauso auf euch reagieren dürften, wie ihr in eurer Heimatdimension auf Vampire reagieren würdet.«

»Besonders viel Angst scheinst du vor uns aber nicht zu haben«, meinte Guido mißtrauisch.

»Einer der wenigen Vorteile dieses Jobs. Wenn man ein paar Jahre lang die anderen Dimensionen beobachtet hat, wird man ziemlich hochnäsig, was Dämonen angeht. Soweit ich das beurteilen kann, sind die meisten von denen auch nicht schlimmer als einige der Leute, die hier so rumlaufen.«

Das war zwar alles recht interessant, aber langsam

wurde ich wegen unserer Mission doch ein wenig nervös.

»Da du ja jetzt weißt, daß wir keine Bösewichter sind und auch keine Vampirjagd veranstalten ... was kannst du uns über die Klemme sagen, in der Aahz jetzt steckt? Kannst du uns da irgendwie helfen?«

»Ich weiß nicht«, meinte der Verschicker und rieb sich nachdenklich das Kinn. »Bis ich erfuhr, wer er ist, hätte ich Stein und Bein geschworen, daß er schuldig ist. Es gibt wirklich schrecklich viele Beweise, die gegen ihn sprechen.«

»Zum Beispiel?« hakte ich nach.

»Na ja, man hat ihn mit einem Pflock und einem Hammer in der Hand erwischt, und es gibt zwei Zeugen, die erklären, daß sie gesehen haben, wie er einen unserer Bürger getötet und seine Asche in alle vier Winde verstreut hat.«

»Einen Augenblick mal! Soll das heißen, ihr habt überhaupt kein *Corpus delicti?*« fragte Guido und richtete sich in seinem Sessel auf. »Tut mir leid, wenn ich dich unterbreche, Boß, aber im Augenblick spielst du auf meinem Heimfeld. Davon verstehe ich ein bißchen was. Ich meine, man kann schließlich nicht wegen Mordes vor Gericht gestellt werden, wenn es überhaupt keine Leiche gibt, verstehst du?«

»Vielleicht dort, wo ihr herkommt«, berichtigte Vilhelm ihn, »aber bei Vampiren ist das ein bißchen anders. Wenn wir eine Leiche *hätten* oder auch nur einen Haufen Staub, könnten wir denjenigen in null Komma nix wiederbeleben. Das Problem taucht erst auf, wenn es *keinen* Leichnam gibt ... wenn ein Vampir zu Staub geworden ist und man diesen Staub überall verteilt hat. Dann kann man ihn nicht wiederherstellen.«

»Aber wenn es doch gar keine Leiche gibt, woher

wollt ihr denn dann wissen, ob das Opfer überhaupt tot ist?« wollte ich wissen.

»Das genau ist der Haken bei der ganzen Sache«, stimmte Vilhelm mir zu. »In diesem Fall gibt es allerdings zwei Augenzeugen.«

»Zwei gleich, eh?« murmelte Massha nachdenklich. »Hast du zufällig auch eine Beschreibung dieser beiden Spanner für uns parat?«

»Hab sie selbst gesehen. Es waren Außenweltler, genau wie ihr. Ein junges Mädchen, Typ blond und unschuldig. Und ein ziemlich dürrer Bursche. Eigentlich war sie es, die uns die Geschichte verkauft hat. Ich glaube, dem Kerl hätte niemand geglaubt, selbst dann nicht, wenn er erzählt hätte, daß Werwölfe ziemlich pelzige Gesellen sind.«

Mein Mut sank. Ich hätte wirklich viel darum gegeben, glauben zu können, daß das Mädchen, das uns gewarnt hatte, eine unschuldige Unbeteiligte war. Und jetzt sah es so aus, als wenn ...

»Kommt dir die Beschreibung nicht bekannt vor, Heißmatz? Glaubst du jetzt immer noch, daß Guido und ich nicht ganz richtig waren, als wir gesagt haben, das hier könnte 'ne Falle sein? Hört sich ganz danach an, als hätten sie erst deinen Partner eingeseift und wären dann zurückgekommen, um dich auch noch zu holen und die Sache perfekt zu machen.«

Ich wich ihrem Blick aus und starrte die Bildschirme an der Wand an.

»Dafür könnte es auch noch eine andere Erklärung geben, weißt du.«

Mein Lehrling lachte lauthals.

»Wenn es die gibt, würde ich sie für mein Leben gern mal hören. Ach, komm schon, Große Nummer, man kann die Sache drehen und wenden, wie man will – sie stinkt! Wenn sie die alte Schuppe so schnell in die Bredouille bringen konnten, bin ich mal gespannt, was für eine Falle sie dir gestellt haben, gerade jetzt, da sie genug Zeit hatten, sich etwas auszudenken, *bevor* du hinterhergekommen bist.«

Mir fiel ein, daß ich als Lehrling nie so vorlaut gewesen war. Mir fiel außerdem ein, daß ich nun verstand, weshalb Aahz die seltenen Male, da ich es gewagt hatte, eine eigene Meinung zu äußern, immer so wütend reagiert hatte ... besonders die noch selteneren Male, wenn ich recht gehabt hatte.

»Ich glaube, ich habe irgendwo den Anschluß verpaßt«, meinte Vilhelm stirnrunzelnd. »Wenn ich das richtig verstehe, kennt ihr die Zeugen?«

Massha machte sich daran, den Verschicker auf den neuesten Stand der Dinge zu bringen, während Guido das Thema gelegentlich durch ein Knurren kommentierte. Ausnahmsweise war ich einmal froh, daß sie das Wort ergriffen hatte. Das gab mir die Möglichkeit, meine verworrenen Gedanken zu ordnen und zu versuchen, einen Plan zu entwickeln. Als sie fertig waren, mußte ich feststellen, daß ich auf beiden Gebieten noch ziemlich viel zu tun hatte.

»Ich gebe zu, in diesem neuen Licht betrachtet, sieht die ganze Sache tatsächlich ein bißchen verdächtig aus«, meinte der Vampir nachdenklich.

»Ein *bißchen* verdächtig!« schnaubte Massha. »Die Geschichte ist ja noch fauler als ein lächelnder Täufler!«

»Ich will dir was sagen«, fing Guido an. »Gebt uns nur ein paar Minuten allein mit diesen Zeugen, dann werden wir ihnen die Wahrheit schon aus den Textilien schütteln.«

»Ich fürchte, das wird ein bißchen schwierig«, meinte der Verschicker und richtete seinen Blick gegen die Decke. »Ihr müßt wissen, daß sie schon eine ganze Weile fort sind. Sie sind sofort nach der Verhandlung verschwunden.«

»Nach der Verhandlung?« fragte ich und gab den Versuch auf, meine Gedanken zu sammeln. »Soll das heißen, der Prozeß hat bereits stattgefunden?«

Der Vampir nickte.

»Genau. Es bedarf wohl keiner weiteren Erklärung dafür, daß man euren Freund schuldiggesprochen hat.«

»Wieso habe ich nur das unbestimmte Gefühl, daß er als Ersttäter keine Bewährung bekommen hat?« knurrte Guido halblaut.

»Um genau zu sein, er soll Ende der Woche hingerichtet werden«, gab Vilhelm zu.

Da schoß ich von meinem Stuhl hoch und begann, im Zimmer auf und ab zu gehen.

»Wir müssen irgend etwas unternehmen«, sagte ich hilflos. »Wie ist es, Vilhelm? Kannst du uns irgendwie helfen? Gibt es vielleicht eine Möglichkeit, das Urteil rückgängig zu machen oder wenigstens die Hinrichtung zu verschieben?«

»Ich fürchte, nein. Leumundszeugen würden überhaupt nichts ändern, und was neues Beweismaterial angeht, so würde euer Wort lediglich gegen das der anderen Zeugen stehen ... und dabei habt ihr schon zugegeben, daß der Angeklagte euer Freund ist. Versteht mich nicht falsch, *ich* glaube euch schon, aber es gibt auch Leute, die argwöhnen würden, daß ihr alles Mögliche erfinden würdet, nur um euren Partner freizubekommen.«

»Aber könntest du uns denn nicht wenigstens *persönlich* helfen?«

»Nein, das kann ich nicht«, sagte der Vampir und wandte den Blick ab. »Ihr scheint wirklich nette Leute zu sein, und euer Freund ist höchstwahrscheinlich das Salz der Erde, aber ich muß noch etwas länger hier leben und mit den Leuten hier zurechtkommen. Wenn ich für einen Außenseiter Partei gegen die Rechtsprechung der Stadt ergreife, dann geht meine ganze Karriere den Bach runter, ob ich nun recht habe oder nicht. Das ist nicht gerade schön, und es gefällt mir ja selbst auch nicht, aber so ist das nun mal.«

»Wir könnten dafür sorgen, daß es dir noch sehr viel weniger gefällt!« sagte Guido finster und fuhr mit der Hand in seinen Mantel.

»Aufhören, Guido!« befahl ich. »Vergessen wir bitte nicht, wie sehr uns Vilhelm bisher schon geholfen hat! Das ist viel mehr, als wir erwartet haben, nachdem wir in diese Dimension gekommen sind, also fang nicht an, uns den einzigen Freund, den wir hier vor Ort haben, zum Feind zu machen, ist das klar?«

Der Leibwächter sank in seinen Sessel zurück und murmelte etwas, was ich lieber nicht versuchte zu verstehen, aber er holte seine Hand leer aus dem Mantel hervor und behielt sie in meinem Blickfeld.

»Was wollen wir jetzt tun, heißer Junge?« seufzte Massha.

»Das einzige, was mir dazu einfällt, ist, diese Zeugen aufzuspüren, bevor die Hinrichtung stattgefunden hat«, sagte ich. »Ich weiß bloß nicht, wie wir sie suchen sollen, ohne daß uns dabei die halbe Stadt auf den Kopf steigt.«

»Was wir wirklich brauchen, ist ein Bluthund«, knurrte Guido.

»He, das ist gar keine schlechte Idee!« rief Vilhelm und erwachte zu neuem Leben. »Vielleicht kann ich euch ja doch noch helfen!«

»Du hast einen Bluthund?« fragte der Leibwächter und hob eine Augenbraue.

»Etwas viel Besseres«, erklärte der Vampir. »Weiß gar nicht, warum ich nicht schon eher darauf gekommen bin. Die Leute, mit denen ihr euch in Verbindung setzen müßt, sind die Kläffer.«

Ich musterte ihn eindringlich, um festzustellen, ob das eine Art Witz sein sollte.

»Die Kläffer?« wiederholte ich schließlich.

»Na ja, so nennen wir in Blut sie hinter ihrem Rükken. Tatsächlich ist das ein Ehepaar von Werwölfen, die einen gewaltigen Werbefeldzug durchführen, um Sympathien für die Menschen zu gewinnen.«

»Werwölfe«, sagte ich vorsichtig.

»Klar. Hier in der Dimension Vorhölle gibt es alle möglichen Leutchen. Na, wenn irgend jemand in dieser Dimension dazu bereit sein dürfte, für euch seine Haut zu Markte zu tragen, dann sind sie es. Die ziehen ihre Sache ab und scheren sich nicht darum, was die anderen Einheimischen davon halten. Außerdem sind Werwölfe einfach nicht zu überbieten, wenn es darum geht, eine Fährte aufzuspüren.«

»Werwölfe.«

Vilhelm blickt mich mit schräggelegtem Kopf neugierig an. »Bilde ich mir das nur ein, Skeeve, oder hast du das gerade schon mal gesagt?«

»Darüber hinaus«, Massha lächelte süß, »wird er es wahrscheinlich noch mal sagen. So was zu wiederholen lohnt sich nämlich.«

»Werwölfe«, wiederholte ich also, nur um meinen Lehrling nicht hängen zu lassen.

»Boß«, fing Guido an, »ich mag's ja gar nicht sagen, aber von Werwölfen hat niemand was erzählt, als wir ...«

»Gut«, unterbrach ich ihn brüsk. »Du magst es

nicht sagen, und ich mag es nicht hören. Da wir also einer Meinung sind, können wir die Sache einfach vergessen und ...«

»Aber Boß! Wir können uns doch nicht mit Werwölfen zusammentun!«

»Guido, das haben wir doch gerade erst durchgekaut. Wir sind nicht nur in der Klemme, sondern außerdem auch noch in einer fremden Dimension. Wir können es uns gar nicht erlauben, wählerisch zu sein, was unsere Verbündeten angeht.«

»Du verstehst mich nicht, Boß. Ich bin allergisch gegen die!« Ich ließ mich auf einen Stuhl sinken und verbarg mein Gesicht in den Händen.

»Ich dachte, du wärst allergisch gegen Knoblauch«, stieß ich zwischen meinen Fingern hervor.

»Das auch«, sagte der Leibwächter. »Aber vor allem bin ich allergisch gegen pelzige Dinge wie Kätzchen oder Pelzmäntel oder ...«

»... Werwölfe«, beendete Massha den Satz für ihn. »Mal ehrlich, Bösewicht, langsam frage ich mich, wie du die ganzen Jahre effektiv hast arbeiten können.«

»Ach, komm! So oft hat man mit denen schließlich auch nicht zu tun, oder?« verteidigte sich Guido. »Wie oft bist *du* denn schon von was Pelzigem angegriffen worden?«

»Nicht so oft, wie ich es gerne gehabt hätte«, entfuhr es Massha.

»Genug, ihr beiden!« befahl ich und hob den Kopf. »Guido, bist du eigentlich schon jemals einem Werwolf begegnet?«

»Hm, eigentlich nicht. Aber ...«

»Dann werden wir so lange, bis wir es ganz genau wissen, einfach davon ausgehen, daß du *nicht* allergisch gegen sie bist, ja? Vilhelm, wo genau können wir deine Kläffer finden?«

VIII

»Als erstes wollen wir mal festlegen, wer hier führt.«
F. Astaire

»Boß, wo, zum Teufel, *ist* denn dieses Pahkipsie?«

Ich begann mich zu fragen, ob eigentlich alle Leibwächter den größten Teil ihrer Zeit damit verbringen, sich zu beschweren, oder ob ich einfach nur Glück gehabt hatte.

»Hör mal, Guido. Du bist dabeigewesen und hast dieselben Informationen erhalten wie ich auch. Wenn Vilhelm recht hat, dann muß es ein paar Meilen weiter an der Straße liegen.«

»... ›eine ziemlich tote Schlafzimmergemeinde, nur für Leute geeignet, die von dem hektischen Lebensstil der Großstadt überfordert werden‹«, zitierte Massha und imitierte ziemlich genau die Stimme des Vampirs.

Guido kicherte.

»Wieso habe ich nur das komische Gefühl, daß du mit Vilhelm nicht besonders warm geworden bist, Massha?« Ich unterdrückte ein Grinsen.

»Vielleicht, weil das bisher der einzige Typ war, bei dem sie keine Annäherungsversuche gemacht hat?« schlug Guido vor.

Massha gewährte ihm den Anblick der ganzen Länge ihrer Zunge und ihrer gekreuzten Augen, bevor sie ihm eine Antwort gab.

»Och, Vilhelm ist schon in Ordnung«, meinte sie. »Und auch irgendwie süß … jedenfalls sein Scheitel. Und er hat auch zugegeben, daß Vampire im allgemeinen das Stadtleben und Partys lieben, während Werwölfe die Zurück-zur-Natur-Atmosphäre des Landlebens bevorzugen. Ich mag nur einfach diese Zweiteilung nicht, das ist alles. Ich bin nämlich auf einem Bauernhof aufgewachsen, müßt ihr wissen. Ländliche Frühstücksgewohnheiten haben eine ganze Menge mit meiner jetzigen Panoramafigur zu tun. Und außerdem sagt mir irgendeine innere Stimme, daß man einem lächelnden Vampir nicht trauen sollte … zumindest nicht zu sehr.«

Ich wollte schon die Tatsache erwähnen, daß ich selbst auch auf einem Hof groß geworden war, behielt diese Information aber doch lieber für mich. Meiner Figur hatte die ländliche Ernährung ganz offensichtlich nicht geschadet, und ich wollte meinen Lehrling dieser Entschuldigung nicht berauben.

»Wenn er uns hätte schaden wollen, hätte er uns nur zu verpfeifen brauchen, als wir noch in der Stadt waren«, versetzte ich. »Nehmen wir die Dinge doch lieber einfach so, wie sie sind, und gehen davon aus, daß er wirklich so nett war, wie er sich gegeben hat … um unseres Seelenfriedens willen.«

Ich wünschte, ich wäre wirklich so zuversichtlich gewesen, wie ich mich anhörte. Wir waren ziemlich weit draußen in der Walachei, und wenn Vilhelm uns in die Irre hatte leiten wollen, so hätte er sich keine bessere Richtung dafür aussuchen können.

»Na ja, mir wäre jedenfalls wesentlich wohler, wenn wir nicht verfolgt würden«, grollte Guido.

Ich blieb wie angewurzelt stehen. Massha tat das gleiche. Der Leibwächter schaffte es, in uns hineinzustolpern, bevor er sich bremsen konnte.

»Was ist denn, Boß? Stimmt irgendwas nicht?«

»Einen Augenblick lang dachte ich schon, du hättest gesagt, daß wir verfolgt werden.«

»Ja. Seitdem wir den Verschicker verlassen haben. Warum hast ... soll das heißen, daß du das nicht gemerkt hast?«

Ich widerstand dem Drang, ihn zu erwürgen.

»Nein, Guido, das habe ich nicht gewußt. Verstehst du, mein Leibwächter hat es mir nämlich nicht gesagt. Der war viel zu sehr damit beschäftigt, sich über den Weg zu beschweren, um noch Zeit dafür zu haben, mir so etwas Banales mitzuteilen wie die Tatsache, daß wir verfolgt werden.«

Guido wich einige Schritte zurück.

»He! Komm schon, Boß! Nun sei doch nicht so! Ich dachte, du wüßtest das. Ehrlich! Wer immer das ist, der uns da verfolgt, auf jeden Fall ist er keine Größe, denn den kann doch jeder Idiot ausmachen ... Ich meine ...«

»Red nur weiter, Bösewicht«, ermunterte Massha ihn. »Du redest dich immer tiefer in die Scheiße hinein, falls es dir noch nicht aufgefallen sein sollte.«

Mit einer gewaltigen Anstrengung gewann ich meine Selbstbeherrschung zurück.

»Wie dem auch sei«, sagte ich. »Ich nehme nicht an, daß du eine Ahnung hast, wer es ist?«

»Nö. Es ist bloß einer. Es sei denn ...«

Er verstummte und sah plötzlich ziemlich beunruhigt aus.

»Raus damit, Guido! Es sei denn ...?«

»Na ja, manchmal, wenn man jemanden *wirklich* trickreich beschatten will, dann schiebt man einen trotteligen Blödian vor, damit der eigentliche Scharfschütze nicht auffällt. Darüber habe ich noch gar nicht nachgedacht. Dieser Truthahn hinter uns könnte auch nur 'n Lockvogel sein, wenn du verstehst, was ich meine.«

»Ich dachte, als Lockvögel benutzt man Hühner und keine Truthähne?« knurrte Massha.

»Schön, wenn dem so sein sollte, dann sind *wir* die Hühner auf der Stange, wenn dich das beruhigt.«

»Könntet ihr beide mal kurz ruhig sein, damit ich nachdenken kann?» fragte ich, ihrer Zankereien inzwischen überdrüssig geworden.

»Na ja, vielleicht ist es auch gar nicht so schlimm«, meinte Guido mit zweifelndem Unterton. »Ich bin ziemlich sicher, daß ich die Unterstützungsmannschaft schon bemerkt hätte, wenn es wirklich eine geben sollte.«

»Aber klar doch!« höhnte Massha. »Wir kommen ja auch bloß aus einer Stadt voller Vampire, die sich jederzeit in Nebel verwandeln können, wenn sie wollen. Klar, daß du sie schon bemerkt hättest.«

»Paß bloß auf! Der Boß kann mir ja meinetwegen den Kopf abreißen, wenn er will, aber von dir brauche ich mir so was nicht gefallen zu lassen. Du hast schließlich nicht mal den Truthahn bemerkt, oder?«

»Der einzige Truthahn, den ich hier sehen kann, der bist ...«

»Genug!« befahl ich, nachdem ich trotz ihrer mangelnden Kooperationsbereitschaft zu einer Entscheidung gelangt war. »Wir müssen jetzt genau feststellen, wer uns da beschattet und was sie von uns wollen. Dieser Ort hier ist auch nicht schlechter als andere, deshalb meine ich, wir sollten uns in die Büsche schlagen und warten, bis unser Beschatter uns eingeholt hat ... Nein, Massha. Ich bleibe mit Guido hier. Du übernimmst die andere Straßenseite.«

Dieser Teil meines Plans beruhte weniger auf militärisch-taktischen Erwägungen, sondern war eher ein

Versuch, zu retten, was von meinen Nerven noch übriggeblieben war. Ich hatte mir überlegt, daß die einzige Möglichkeit, die beiden zum Schweigen zu bringen, darin bestand, sie voneinander zu trennen.

»Tut mir leid, Boß«, flüsterte Guido, als wir Seite an Seite ins Gestrüpp krochen. »Ich vergesse immer wieder, daß du ja nicht soviel von Verbrechen verstehst wie die Jungs, mit denen ich sonst immer zu tun hatte.«

Na ja, ich hatte mal wieder nur zur Hälfte recht gehabt. Massha auf der gegenüberliegenden Straßenseite verhielt sich nun ruhig, aber solange er einen Gesprächspartner zur Verfügung hatte, würde Guido nicht aufhören, seine Gedanken und Ansichten zu verbreiten. Langsam begann ich zu verstehen, weshalb Don Bruce immer darauf bestand, als einziger das Wort zu haben, wenn die Leibwächter dabei waren. Untergebene dazu zu ermutigen, sich wie Gleichgestellte zu äußern, hatte zweifellos seine Nachteile.

»Würdest du wohl endlich den Mund halten?« versuchte ich es erneut. »Das hier soll nämlich eigentlich mal ein Überfall werden.«

»Keine Sorge, Boß. Das wird noch eine Weile dauern, bis die uns eingeholt haben, und bevor es soweit ist, werde ich sie schon hören ...«

»Bist du das, Skeeve?«

Die Stimme kam aus der Dunkelheit, ein Stück den Weg entlang.

Ich betrachtete Guido mit meinem finstersten Blick, was er mit einem bedauernden Schulterzucken quittierte, das mir nicht sonderlich ernst gemeint vorkam.

Dann dämmerte mir, wo ich diese Stimme schon einmal gehört hatte.

»Hier«, antwortete ich und richtete mich aus meiner Kauerstellung auf, um auf die Straße zu treten. »Wir haben auf dich gewartet. Ich glaube, es ist langsam Zeit für ein kleines Gespräch.«

Abgesehen davon, daß ich so meine Verlegenheit darüber, entdeckt worden zu sein, überspielte, war dies seit langer Zeit wohl meine beste Untertreibung. Das letztemal, als ich diese Person gesehen hatte, hatte sie mich gewarnt, daß Aahz gefangengenommen worden war.

»Gut.« Sie trat vor, um sich zu mir zu gesellen. »Deshalb bin ich dir auch gefolgt. Ich hatte gehofft, daß wir ...«

Sie brach abrupt ab, als Guido und Massha sich aus den Büschen erhoben und zu uns stießen.

»Ach, sieh mal einer an, wer da ist!« sagte Massha mit einem ihrer unangenehmeren Lächeln.

»Wenn das nicht das kleine Vögelchen ist, das den Vampiren ein Ständchen gebracht hat!« bemerkte Guido finster und im gleichen drohenden Tonfall wie mein Lehrling.

Das Mädchen gewährte ihnen einen vernichtenden Blick, dann sah sie mir wieder ins Gesicht.

»Ich hatte gehofft, daß wir uns allein unterhalten könnten. Ich habe viel zu sagen, aber nicht sehr viel Zeit. Es ginge schneller, wenn wir nicht unterbrochen würden.«

»Keine Chance, Liebchen«, knurrte Guido. »Solange du hier in der Gegend rumschwirrst, lasse ich den Boß ganz bestimmt nicht aus den Augen!«

»... ganz abgesehen davon, daß *ich* dir auch noch ein paar Kleinigkeiten zu erzählen hätte«, fügte Massha hinzu. »Zum Beispiel, was ich von Leuten halte, die der Meinung sind, daß man es mit der Wahrheit nicht so genau zu nehmen braucht.«

Das Mädchen ließ den Blick nicht von mir ab. Trotz

all ihrer Kühnheit glaubte ich, in ihrem tiefsten Innern einen flehenden Hilferuf wahrzunehmen.

»Bitte«, sagte sie leise.

In meinem Kopf fand ein kleines Scharmützel statt, und wie immer unterlag die Vernunft.

»Also gut.«

»WAS?! Aber Boß, ich bitte dich! Du kannst dich ihr unmöglich allein ausliefern! Wenn ihre Kumpel hier irgendwo rumhängen sollten ...«

»Heißmatz, und wenn ich mich auf dich setzen muß, du wirst auf keinen Fall ...«

»Hört mal zu!« sagte ich und riß meinen Blick von dem Mädchen los, um mich meinem meuternden Gefolge zu stellen. »Wir werden nur ein paar Schritte den Weg dort entlanggehen, also auf jeden Fall in Sichtweite bleiben. Wenn irgend etwas passieren sollte, könnt ihr sofort eingreifen, bevor es wirklich kritisch wird.«

»Aber ...«

»... und ihr könnt unmöglich glauben, daß *sie* mich anspringen könnte! Ich meine, es ist doch völlig offensichtlich, daß sie keine versteckten Waffen bei sich hat.«

Das war eine unbestreitbare Tatsache. Sie hatte sich seit unserer letzten Begegnung umgezogen, wahrscheinlich um sich besser an die exotische Kleidung anzupassen, die von den partyliebenden Vampiren bevorzugt wurde. Sie trug das, was man hier wohl als »Panzerturm« bezeichnet, es ließ ihren Mittelteil und ihren Nabel auf entzückende Weise frei, während der an den Seiten geschlitzte, offene Rock (sofern man diese zwei Stoffstücke als solchen bezeichnen konnte) ihre Beine bis zu den Hüften zeigte. Wenn sie eine Waffe dabei hatte, mußte sie sie entweder verschluckt haben, oder ...

Ich konzentrierte meine Gedanken wieder auf das Streitgespräch.

»Tatsache ist, daß sie nicht vor einer Zuhörerschar reden will, ich aber die Chance habe, eine Schilderung der Geschehnisse von einer anderen Warte aus zu hören. Wollen wir vielleicht immer weiter nach Informationen graben, während Aahz' Leben an einem seidenen Faden hängt?«

Meine Truppe verfiel in Schweigen und tauschte Blicke aus, wobei jeder darauf wartete, daß der andere die nächste Explosion riskierte.

»Also gut«, meinte Massha schließlich. »Aber paß auf dich auf, Heißer Junge. Vergiß nicht, daß man Gift auch in hübsche Behälter füllen kann.«

Und so zog ich mich unter den wachsamen Blicken meiner Gehilfen einige Schritte zurück, um zum ersten Mal allein mit ...

»Sag mal, wie heißt du eigentlich?«

»Hm? Ach so. Ich bin Luanna. Übrigens danke, daß du zu mir gehalten hast. Das ist eine ziemlich übel aussehende Mannschaft, mit der du da zusammen bist. Ich habe zwar schon vorher gehört, daß du eine Gefolgschaft hast, aber ich wußte nicht, wie fies die sind.«

»Och, die sind ganz in Ordnung, wenn man sie erst einmal näher kennt. Wenn man Tag für Tag mit ihnen zusammenarbeitet, stellt man fest ... herrje, keiner von uns ist wirklich so gefährlich oder unschlagbar, wie die Öffentlichkeit immer behauptet.«

Ich spürte plötzlich ihren Blick auf mir. Der Ausdruck ihrer Augen war seltsam ... eine Art bitteres Halblächeln.

»Ich habe zwar immer gehört, daß *wirklich* mächtige Leute oft das, was sie tun, untertreiben, da sie es nicht nötig haben, anzugeben. Bis gerade eben habe ich das allerdings nicht glauben wollen.«

Ich wußte nicht, was ich darauf antworten sollte. Ich meine, mein Ruf war inzwischen so groß, daß ich mich langsam daran gewöhnte, erkannt zu werden und im Bazar ein Gesprächsthema zu sein, aber was sie mir da offenbarte, war weder Furcht noch Neid. Meine eigenen Freunde und ich versteckten Lob und Bewunderung meistens hinter unserem derben Humor und Neckereien. Mit der unverfälschten Form konfrontiert, war ich unsicher, wie ich reagieren sollte.

»Ähhh, worüber wolltest du eigentlich mit mir sprechen?«

Ihre Miene verdüsterte sich, und sie senkte den Blick.

»Das ist alles so peinlich. Bitte sei geduldig mit mir, Skeeve ... darf ich dich Skeeve nennen? Ich habe nicht viel Erfahrung darin, ›Entschuldigung‹ zu sagen ... ach, ich habe überhaupt nicht viel Erfahrung mit Leuten. Nur mit Partnern und Tauben. Jetzt, wo ich hier bin, weiß ich gar nicht, was ich sagen soll.«

»Warum fangen wir nicht mit dem Anfang an?« Ich wollte ihr die Unsicherheit nehmen. »Hast du die Täufler im Bazar wirklich beschwindelt?«

Luanna nickte langsam, ohne mich anzusehen.

»Das machen wir immer so, Matt und ich. Leute beschwindeln und dann davonlaufen. Obwohl ich manchmal glaube, daß wir im Davonlaufen besser sind. Wenn wir besser darin wären, Leute anzuschmieren, würden wir wahrscheinlich nicht soviel Übung im Davonlaufen bekommen.«

Ihre Worte hieben auf mich ein wie Schläge mit einem gepolsterter Hammer. Ich hatte mir so sehnsüchtig gewünscht, von ihr zu hören, daß sie unschuldig sei und daß alles nur ein einziges großes Mißverständnis war. Ich meine, sie war so schön und so süß, ich hätte mein Leben darauf verwettet, daß sie unschuldig war, und nun gab sie ihre Schuld offen zu.

»Aber warum?« brachte ich schließlich hervor. »Ich meine, wie bist du überhaupt dazu gekommen, Leute übers Ohr zu hauen?«

Sie zuckte hilflos mit ihren schönen Schultern.

»Ich weiß es nicht. Als Matt es mir das erste Mal erklärt hat, hielt ich es für eine gute Idee. Ich sehnte mich danach, vom Hof wegzukommen, aber außer Landarbeit konnte ich nichts, um mich zu ernähren ... bis Matt mir erklärte, wie leicht es ist, Leuten Geld aus der Tasche zu locken, wenn man auf ihre Habgier setzt. ›Versprich ihnen etwas für nichts‹, sagte er, ›oder für so wenig, daß sie glauben, *sie* würden *dich* übers Ohr hauen.‹ Als er es so darstellte, schien es nicht so übel zu sein. Es ging mehr darum, schlau genug zu sein, Leute auszutricksen, die glaubten, einen ausnutzen zu können.«

»... indem ihr ihnen magische Gegenstände verkauft habt, die gar nicht magisch waren«, beendete ich ihre Geschichte. »Sag mal, warum habt ihr euch denn nicht lieber gleich auf den Handel mit wirklich magischen Sachen konzentriert?«

Sie hob ruckartig ihren Kopf, und ich nahm ein kurzes Aufflackern in ihren traurigen Augen wahr.

»Wir beherrschen keine Magik, also mußten wir sie vortäuschen. Das kannst du wahrscheinlich nicht verstehen, weil du der echte Magiker Nummer eins bist. Das wußte ich schon, als ich dich in Possiltum zum ersten Mal gesehen habe. Wir wollten uns die Stelle als Hofzauberer erschwindeln, bis du plötzlich aufgetaucht bist und der Krone ein bißchen echte Magik vorgeführt hast. Selbst Matt mußte zugeben, daß wir dagegen ein paar Klassen zu schlecht waren, und so haben wir uns wieder verzogen, bevor irgend jemand uns dazu auffordern konnte, vorzuführen, was wir konnten. Ich glaube, das war auch der Augenblick, als ich ...«

Sie brach ab und warf mir einen erschrockenen Blick zu, als hätte sie beinahe etwas gesagt, was sie nicht hätte sagen dürfen.

»Red nur weiter«, ermunterte ich sie, inzwischen neugierig geworden.

»Ach, nichts«, sagte sie hastig. »Jetzt bist du an der Reihe. Da ich dir meine Geschichte erzählt habe, hast du vielleicht nichts dagegen, mir zu erzählen, wie du Magiker geworden bist.«

Das verblüffte mich etwas. Wie sie, war auch ich auf einem Bauernhof aufgewachsen. Ich war allerdings davongelaufen, um mein Glück als Meisterdieb zu suchen, und nur weil ich durch Zufall meinen alten Lehrer Garkin und später Aahz getroffen hatte, schlug ich die Magikerlaufbahn ein. Im nachhinein betrachtet waren meine Motive nicht wesentlich edler gewesen als ihre, aber das wollte ich nicht gerade jetzt zugeben müssen. Es gefiel mir irgendwie, wie sie mich anschaute, während sie sich der Illusion hingab, daß ich ein ganz besonders edler und ungewöhnlicher Mensch sei.

»Das ist eine zu lange Geschichte, um sie jetzt zu erzählen«, sagte ich brüsk. »Da sind noch ein paar weitere Fragen, auf die ich von dir gerne eine Antwort hätte. Wieso habt ihr unser Haus in Tauf als Fluchtweg gewählt?«

»Oh, das war Vics Idee. Wir haben uns mit ihm zusammengetan, kurz bevor wir unsere Bauernfängernummer im Bazar abgezogen haben. Als alles danach aussah, daß die Sache in die Hose gehen würde, sagte er, daß er eine abgelegene Dimension kenne, die niemand überwachen würde. Matt und ich wußten nicht mal, daß es dein Haus war, bis dein Portier fragte, ob wir dich sprechen wollten. Matt hatte soviel Angst davor, sich mit dir anlegen zu müssen, daß er die ganze Sache am liebsten sofort abgebrochen und einen neuen Fluchtweg gesucht hätte, aber Vic zeigte uns die Tür, und da sah alles so leicht aus, daß wir einfach mitgegangen sind.«

»Natürlich seid ihr nie auf den Gedanken gekommen, daß man uns den Auftrag geben würde, euch zurückzubringen.«

»Das kannst du aber glauben, daß wir auf diesen Gedanken gekommen sind! Ich meine, wir haben nur nicht geglaubt, daß du es wirklich tun *mußtest*. Wir haben erwartet, daß du so wütend auf uns werden würdest, daß wir dich in die Sache hineingezogen haben, daß du von allein hinter uns herkommen würdest. Vic sagte immer wieder, daß wir uns keine Sorgen machen sollten, daß er, falls du uns hier in der Dimension Vorhölle aufspüren solltest, es so einrichten könnte, daß du nicht fähig wärst, uns zurückzubringen. Ich wußte nicht, daß er dir eine Falle gestellt hatte, bis er deinen Partner hineingelockt hat.«

Ich versuchte, mich dadurch trösten zu lassen, aber es gelang mir nicht.

»Mir fällt auf, daß du immer noch mitgemacht hast, selbst als du feststelltest, daß man Aahz aufs Kreuz gelegt hatte.«

»Nun ... ich wollte zwar nicht, aber Vic meinte, wenn ich beide wirklich so gut wärt, wie alle behaupten, dann würde dein Partner schon von alleine aus dem Gefängnis freikommen. Wir dachten uns, daß die ganze Dimension ihn dann als Flüchtling jagen würde, so daß er viel zu sehr damit beschäftigt wäre, nach Hause zu fliehen, um sich noch um uns zu kümmern.«

Langsam war ich *richtig* begierig, diesen Vic kennenzulernen. Mir fiel auch ein, daß wir von allen möglichen Problemen, die unser wachsender Ruhm uns einbringen konnte, mit diesem nie gerechnet hatten.

»Und du hast ihm geglaubt?«

Luanna zog eine Schnute und zuckte die Schultern. »Na ja ... es heißt ja, daß du einige ziemlich unglaubliche Dinge beherrschst, und ich möchte auch nicht, daß du glaubst, ich würde an deinen Fähigkeiten zweifeln, aber ich habe mir doch immerhin genug Sorgen gemacht, um zurückzuschleichen und dir mitzuteilen, was geschehen war ... für alle Fälle.«

Es war beinahe komisch, daß sie sich nun dafür entschuldigte, uns gewarnt zu haben. Aber auch nur beinahe. Im Geist ging ich immer wieder durch, was wohl geschehen wäre, wenn sie *tatsächlich* voll und ganz an mich geglaubt hätte.

»Ich schätze, daß dann nur noch eine Frage übrigbleibt, nämlich wer der Einwohner dieser Dimension ist, den Aahz umgebracht haben soll.«

»Hat dir das denn niemand gesagt?« Sie blinzelte erstaunt. »Das war Vic. Er stammt aus dieser Dimension ... du weißt schon, ein Vampir. Jedenfalls hält er sich versteckt, bis die Sache auf die eine oder andere Weise erledigt ist. Ich glaube, nicht einmal Matt weiß, wo er steckt. Vampire sind auch sonst schon ziemlich mißtrauisch, und nachdem ich das erste Mal hinausgeschlichen bin, traut er nicht einmal mehr uns richtig. Er kommt nur noch ab und zu mal vorbei, um nachzusehen, wie wir zurechtkommen.«

Nun *wußte* ich, daß ich Freund Vic kennenlernen wollte. Wenn ich Glück hatte, würde ich ihn noch vor Aahz erreichen.

»Gut, ich danke dir, daß du mir das Problem geschildert hast. Wenn du jetzt mit uns zurück nach Blut kommst, um den Behörden alles zu erklären, kennt meine Dankbarkeit keine Grenzen.«

Luanna zuckte zusammen, als hätte ich sie mit einer Nadel gestochen.

»Einen Moment mal! Wer hat denn was davon gesagt, daß ich zu den Behörden gehen werde? Das kann ich nicht! Das würde doch bedeuten, daß ich *meine* Partner verraten würde. Ich will zwar nicht, daß dir oder deinen Freunden etwas zustößt, aber ich kann nicht meine eigenen opfern, um deine zu retten.«

Ein ehrlicher Gauner ist etwas äußerst Widersinniges und Nervtötendes. Aahz hatte mich oft genug darauf hingewiesen, wenn mich irgendwelche ethischen Erwägungen daran hinderten, bei einem seiner Unternehmen mitzumachen, und nun fing ich an zu verstehen, wovon er damals gesprochen hatte.

»Aber warum bist du dann hier?«

»Ich wollte dich warnen. Vic hat sich überlegt, daß du möglicherweise hierher kommen würdest, um deinen Partner zu befreien, und er stellt dir gerade irgendeine Falle, falls du tatsächlich kommen solltest. Ich dachte mir, daß du, wenn er recht hat, wissen solltest, daß du in Gefahr bist. Ich dachte mir, daß du wahrscheinlich den Verschicker aufsuchen würdest, deshalb habe ich dort auf dich gewartet und bin dir gefolgt, als du schließlich erschienen bist. Ich wollte dich lediglich warnen, das ist alles. Das, und ...«

Wieder senkte sie den Blick und die Stimme, bis ich sie kaum noch verstand.

»… daß ich dich wiedersehen wollte. Ich weiß ja, daß es albern ist, aber …«

So schmeichelhaft das auch war, blieb ich diesmal jedoch unbeeindruckt.

»Na klar doch«, unterbrach ich sie. »Du bist so sehr an mir interessiert, daß du es zuläßt, daß mein Partner wegen Mordes eingesperrt wird, nur damit du zusehen kannst, wie ich meine Nummer abziehe.«

»Das habe ich doch schon erklärt!« widersprach sie heftig und trat vor, um mir die Hand auf den Arm zu legen.

Ich starrte die Hand so lange an, bis sie sie wieder zurückzog.

»Gut«, sagte sie kleinlaut. »Ich sehe schon, daß ich wohl nichts mehr dazu sagen kann. Aber, Skeeve? Versprichst du mir, daß du mir nicht folgen wirst, wenn ich wieder gehe? Weder du noch deine Freunde? Ich bin ein großes Risiko eingegangen, um dich zu finden. Bitte sorge nicht dafür, daß ich es bereuen muß.«

Ich starrte sie einen Augenblick lang an, dann wandte ich mich ab und nickte.

»Ich weiß, daß du von mir enttäuscht bist, Skeeve«, ertönte ihre Stimme. »Aber ich kann nicht gegen meine Partner arbeiten. Hast du nicht auch schon manchmal etwas tun müssen, was dir nicht gefallen hat, um deinen Partner zu unterstützen?«

Das saß … schmerzlich!

»Ja, das habe ich«, sagte ich abgehackt. »Es tut mir leid, Luanna. Es ist nur, daß ich mich um Aahz sorge, das ist alles. Ich mache dir einen Vorschlag. Nur um zu beweisen, daß ich nicht böse auf dich bin: Könnte ich ein Pfand von dir haben? Irgend etwas, das mich an dich erinnert, bis wir uns wiedersehen?«

Sie zögerte, dann zog sie irgendwo aus ihrer Kleidung ein hauchdünnes Seidentuch hervor. Sie trat näher, steckte es mir in meinen Kittel, stellte sich auf die Zehenspitzen und gab mir einen sanften Kuß.

»Es ist nett, daß du mich darum bittest«, sagte sie. »Selbst wenn ich dir überhaupt nichts bedeuten mag, ist es trotzdem nett, daß du mich darum bittest.«

Damit machte sie kehrt und lief den Weg entlang in die Dunkelheit davon.

Ich starrte ihr nach.

»Läßt du sie etwa laufen!?«

Plötzlich war Massha an meiner Seite, neben ihr Guido.

»Komm, Boß, wir müssen sie einfangen. Sie hat den Entlassungsschein für deinen Partner, damit er nicht hingerichtet wird. Wo rennt sie denn hin?«

»Sie trifft sich mit ihrem Verbrechenspartner«, erwiderte ich. »Inklusive einem erstaunlich quicklebendigen Typen namens Vic ... erstaunlich deshalb, weil das der Bursche ist, den Aahz umgebracht haben soll.«

»Dann können wir sie gleich alle auf einmal einsakken. Saubere Arbeit, Heißmatz. Gut, folgen wir ihr also und ...«

»Nein!«

»Warum nicht?«

»Weil ich es ihr versprochen habe.«

Tödliches Schweigen, während meine Gehilfen diese Information verdauten.

»Dann kann sie also davonlaufen, und Grünschuppe muß sterben, wie?«

»Du verkaufst deinen Partner an eine Schürze? Das muß ja 'n mächtig toller Kuß gewesen sein!«

Ich drehte mich langsam zu ihnen um. So wütend sie auch waren, verstummten sie doch auf der Stelle.

»Jetzt hört mir mal gut zu«, sagte ich langsam. »Denn ich werde mich nicht noch mal wiederholen. Wenn wir versuchen sollten, ihr zu folgen, und sie uns dabei bemerkt, wird sie uns eine Irrjagd liefern, und wir kriegen die anderen nie ... wir brauchen aber diesen sogenannten Leichnam. Ich glaube kaum, daß ihre Aussage allein das Urteil zu Fall bringen wird.«

»Aber Boß, wenn wir sie laufen lassen ...«

»Dann werden wir sie finden«, sagte ich. »Wenn wir uns dem Mädchen nicht an die Fersen heften, wird sie schnurgerade zu ihren Partnern laufen.«

»Aber wie sollen wir ...«

Als Antwort zog ich Luannas Tuch aus meinem Kittel.

»Sie war so freundlich, uns etwas an die Hand zu geben, mit dem wir ihre Fährte aufspüren können, sobald wir den dafür erforderlichen Werwolf haben.«

Guido verpaßte mir einen Schlag auf den Rücken, der mich beinahe taumeln ließ.

»Absolute Spitze, Boß!« krähte er. »Einen Augenblick lang hatte ich schon am Amen in der Kirche gezweifelt. Ich dachte wirklich, das Hühnchen hätte dich bis über beide Ohren eingeseift.«

Ich hob den Blick und sah, wie Massha mich mißtrauisch musterte.

»Das war *wirklich* 'n ganz schöner Kuß, Heißmatz«, sagte sie. »Wenn ich es nicht besser wüßte, würde ich glatt annehmen, daß die junge Dame ziemlich verknallt in dich ist ... und daß du das gerade hübsch ausgenutzt hast.«

Ich wandte die Augen ab und merkte, wie ich plötzlich zu Boden starrte.

»Wie mir eine weise Frau einmal sagte«, erwiderte ich, »muß man manchmal etwas tun, was einem nicht gefällt, um dem eigenen Partner zu helfen ... Und jetzt gehen wir und suchen diese Kläffer.«

IX

»Ein schlagkräftiger Partner ist die beste Lebensversicherung.«

T. Hill

Die Kläffer erwiesen sich als weitaus angenehmer als ich zu hoffen gewagt hatte, was ein Glück war, weil meine Werwolftarnungen zu den wackligsten gehörten, die ich jemals hervorgebracht hatte. Guido war tatsächlich, wie befürchtet, allergisch gegen Werwölfe (er fing schon dreißig Meter vor ihrem Haus an zu niesen) und wartete draußen, doch selbst zwei Tarnungen aufrechtzuhalten erwies sich in dieser energiearmen Dimension als sehr anstrengend und kräftezehrend. Ich versuchte, dies dadurch auszugleichen, daß ich mit minimalsten äußeren Veränderungen operierte, doch es gelang mir nur, unsere Tarnung dadurch unglaublich unwirksam zu machen, auch wenn meine Gehilfen mir versicherten, sie sei völlig in Ordnung. Egal, was Ihnen jemand sagen sollte, glauben Sie mir – ein Spitzohr macht noch keinen Wolf.

Vielleicht fragen Sie sich jetzt, weshalb ich mich überhaupt mit einer Tarnung abgeplagt habe? Nun, ehrlich gesagt, wurden wir langsam ein bißchen nervös. Jeder, mit dem wir in dieser Dimension bisher gesprochen hatten oder von dem die Rede gewesen war, war so *schrecklich nett!* Wir lauerten nur darauf, daß sich endlich der Haken an der Geschichte zeigen würde. Unsere ganzen Gespräche und Diskussionen über mögliche Fallen hatten uns derart aus dem Konzept gebracht, daß wir inzwischen felsenfest davon überzeugt waren, daß irgendwann unterwegs ein Riesenverrat auf uns zukommen würde. Die einzige Frage, die uns noch beschäftigte, war, wann und durch wen.

Dies im Hinterkopf, hielten wir es für das Beste, uns als Werwölfe auszugeben, bis wir genau wußten, ob die Kläffer den Menschen tatsächlich so wohlgesinnt waren, wie Vilhelm behauptet hatte. Theoretisch hätten wir dann, wenn sich herausstellen sollte, daß sie es nicht waren, eine Chance gehabt, unerkannt aus der Sache wieder rauszukommen. Die einzige Schwierigkeit bei diesem Plan bestand darin, daß ich mein Lebtag noch keinen Werwolf gesehen hatte, so daß ich nicht nur unter den erschwerten Bedingungen des Energiemangels arbeiten mußte, sondern auch noch unsicher war, wie das Ergebnis meiner Tarnung wirklich auszusehen hatte. Und es stellte sich heraus, daß meine Mannschaft es trotz ihrer weisen Ratschläge auch nicht wußte.

Da wir schon dabei sind, Fragen aus dem Publikum zu beantworten: Vielleicht möchten Sie nun einwenden, woher ich denn wissen wollte, daß unsere Tarnungen effektiv waren, wenn doch weder ich noch meine Assistenten jemals einen Werwolf gesehen hatten. Ganz einfach. Ich gelangte zu diesem Schluß, nachdem ich den ersten Blick auf echte Werwölfe geworfen hatte. Und außerdem haben die Kläffer es mir erzählt. Habe ich nicht gesagt, daß es großartige Leute waren? Natürlich ließen sie uns erst ein Weilchen schwitzen, bevor sie zugaben, daß sie die ganze Zeit gewußt hatten, daß wir nur erbärmlich verkleidete Menschen waren, aber das halte ich eher ihrem etwas zweifelhaften Sinn für Humor zugute. Massha dagegen behauptete stur, es sei der pure Sadismus gewesen. Andererseits war sie es auch, die erst einen Knochen auffuttern mußte, bevor unsere Gastgeber sich zu dem Scherz bekannten.

Aber ich war ja beim Thema Kläffer. Die Sache war insofern interessant, als ich noch nie zuvor ein Team von Eheleuten in Aktion erlebt hatte (meine Eltern zählen nicht). Das einzige, was dem einigermaßen nahe kam, war das Geschwisterpaar Tanda und Chumly, aber die verbrachten die meiste Gesprächszeit damit, einander einen auszuwischen. Die Kläffer schienen sich mit der Rollenverteilung »verrückter Partner/vernünftiger Partner« abzuwechseln. Zwar fragten sie mich nie nach meinem Urteil, aber ich fand, daß sie viel besser verrückt spielen konnte als er. Er war so gut darin, den Vernünftigen zu spielen, daß es jedesmal völlig überraschend kam, wenn er in die Verrücktenrolle wechselte.

»Wirklich, meine Liebe«, sagte Idnew gerade zu Massha, »willst du dir nicht statt dieser albernen Tarnung etwas Bequemeres anlegen? Eine Werwölfin mit nur zwei Brüsten sieht wirklich reichlich lächerlich aus.«

»Idnew«, sagte ihr Mann streng, »du bringst unsere Gäste in Verlegenheit! Nicht jeder mag so frei über seinen Körper reden wie du.«

»Das ist die Künstlerin in mir«, erwiderte sie. »Und außerdem, Drahcir, wer hatte denn den Einfall, sie den Knochen aufessen zu lassen? Noch dazu einen alten! Wenn du beim Einkaufen ein bißchen gewissenhafter wärst, anstatt ständig minderwertige Ware einzukaufen …«

»Och, mach dir mal über mich keine Gedanken,

Hübschhaariger«, unterbrach Massha elegant und schlüpfte in ihre Vamprolle. »Ich habe keine Probleme damit, über meinen Körper zu reden, solange wir auch genausoviel Zeit dafür haben, über deinen zu sprechen. Ich habe es immer gemocht, wenn meine Männer viele Gesichtshaare hatten, wenn du verstehst, worauf ich hinaus will.«

Ich bemerkte, wie Idnew kurz die Ohren anlegte, bevor sie sie wieder aufstellte. Obwohl das möglicherweise nicht mehr als ein nervöses Zucken gewesen sein mochte, dachte ich mir, daß es vielleicht nicht eben die klügste Taktik war, irgendwelche Eifersüchteleien zu provozieren, wenn wir von den beiden Hilfe erbitten wollten.

»Sagt mal«, warf ich hastig ein, um das Gespräch von Masshas offensichtlicher Bewunderung für Drahcir abzuwenden, »weshalb habt ihr eigentlich eine Kampagne für verbesserte Beziehungen zwischen Menschen und Werwölfen in die Wege geleitet?«

»Nun, da haben viele Faktoren mitgespielt«, erklärte Drahcir und verfiel in seinen Dozententon, mit dem ich binnen kürzester Zeit bereits vertraut geworden war. »Ich glaube, man sollte stets im Auge behalten, daß das schlechte Image der Menschen stark übertrieben wird. Es gibt nämlich tatsächlich nur sehr wenig Beweismaterial über menschliches Fehlverhalten. Werwölfe vergessen sehr leicht, daß wir unter entsprechenden Umständen selbst zu Menschen werden. Die meisten von ihnen genieren sich deswegen oder fürchten sich davor und halten sich so lange versteckt, bis die Phase vorüber ist, aber das tun Idnew und ich nicht. Im Gegenteil, wir nutzen die Gelegenheit sogar meistens dazu, umherzugehen und die Öffentlichkeit an den Anblick harmloser

Menschen in ihrer Mitte zu gewöhnen. Aber ganz unter uns gesagt, bin ich der Meinung, daß Idnew es vor allem deswegen liebt, weil es die Leute zu Tode erschreckt, plötzlich vor einem Menschen zu stehen, wenn sie es am wenigsten erwarten. Falls es dir noch nicht aufgefallen sein sollte, meine Frau hat eine stark exhibitionistische Neigung. Was mich betrifft, so sehe ich darin lediglich eine gute Sache, die viel zu lange vernachlässigt worden ist.«

»Ein weiterer Faktor, den mein Mann zu erwähnen vergessen hat«, stichelte Idnew, »ist die Tatsache, daß man damit einen Haufen Geld machen kann.«

»Tatsächlich?« fragte ich.

Meine Zusammenarbeit mit Aahz hatte mich zwar darauf gedrillt, Gewinnchancen zu wittern, wo andere keine wahrnahmen, aber in diesem Fall war mir eine solche bisher völlig entgangen.

»Es gibt ... hmm ... bestimmte Einnahmequellen bei unserer Kampagne«, sagte Drahcir verlegen und warf seiner Frau einen finsteren Blick zu. »T-Shirts, Aufkleber, Bleiminiaturen, Fanclubgebühren, Grußkarten und Kalender, um nur ein paar zu nennen. Es ist zwar ein schmutziges Geschäft, aber irgend jemand muß es ja machen. Bevor meine Frau dir jedoch ein falsches Bild von mir vermittelt, möchte ich doch darauf hinweisen, daß ich diese Sache deshalb unterstütze, weil ich *wirklich* an sie glaube. Es gibt viele verschiedene Möglichkeiten, Geld zu verdienen.«

»... und du kennst sie alle, nicht wahr, Liebster?« warf Idnew lächelnd ein.

»Wirklich?« unterbrach ich begierig. »Würde es dir etwas ausmachen, mal ein paar aufzuzählen? Darf ich mir Notizen machen?«

»Bevor du dich völlig vergißt, Große Nummer«,

mahnte Massha, »denk bitte daran, weshalb wir hierher gekommen sind.«

»Oh! Ja, natürlich! Danke, Massha. Einen Augenblick habe ich ... na klar!«

Ich brauchte ein paar Sekunden, um meine Gedanken wieder zu ordnen. Während Aahz' Training mich zwar aus einer Menge kniffliger Situationen gerettet und meinen Lebensstandard ganz allgemein deutlich verbessert hat, hat es leider auch einige unangenehme Nebenwirkungen gezeigt.

Nachdem ich mich wieder gesammelt und zu meinem eigentlichen Thema zurückgefunden hatte, informierte ich die Werwölfe schnell über unser jüngstes Problem. Dabei blieb ich, was die Einzelheiten anging, ziemlich allgemein, teils weil ich es langsam leid war, immer wieder dieselbe Geschichte erzählen zu müssen, teils aber auch, weil ich Luannas Rolle bei der Verursachung unseres Dilemmas nicht gerne auswalzen wollte. Dennoch schienen die Kläffer von der Geschichte ziemlich fasziniert zu sein und hörten mir gespannt zu, bis ich fertig war.

»Junge, Junge, da sitzt ihr aber wirklich in der Patsche«, meinte Idnew schließlich. »Wenn wir euch irgendwie helfen können ...«

»Das können wir nicht«, sagte Drahcir entschieden. »Du hinkst bereits hinter deinen Terminen her, Idnew, und ich habe in diesen Monat noch drei weitere Auftritte ... ganz zu schweigen von der ganzen Post, die sich an den letzten beiden Wochenenden, als ich weg war, angesammelt hat und die beantwortet werden muß.«

»Drahcir ...«, sagte Idnew gedehnt.

»Schau mich nicht so an, Liebes«, entgegnete ihr Mann, bevor sie auch nur ein weiteres Wort einwenden konnte, »und du brauchst auch gar nicht den

Kopf so schräg zu legen, sonst schiebt dir noch jemand ein Grammophon drunter. Vergiß bitte nicht, daß *du* diejenige bist, die immer darauf hinweist, daß wir unserer Arbeit mehr Zeit widmen müssen.«

»Damit habe ich gemeint, daß wir deine Auftritte etwas einschränken sollten«, wandte Idnew ein. »Und außerdem ist das hier wichtig.«

»Das sind unsere Termine auch. Ich habe genausoviel Mitgefühl mit ihnen wie du, aber wir können uns durch die Probleme einer kleinen Gruppe nicht von unserer Arbeit an der großen, übergeordneten Sache ablenken lassen.«

»Aber *du* bestehst doch immer darauf, daß die Termine nicht so wichtig sind wie …«

Plötzlich brach sie ab und richtete ihre Ohren auf ihren Mann.

»Einen Augenblick mal! Jedesmal, wenn du von der ›großen, übergeordneten Sache‹ und ›großen Werbefeldzügen‹ sprichst … sag mal, ist auf unserem Konto wieder mal Ebbe?«

Drahcir wandte den Blick ab und scharrte verlegen mit den Füßen.

»Nun, eigentlich wollte ich es dir ja schon längst sagen, aber ich dachte, es würde dich von der Arbeit ablenken …«

»Also gut, raus damit!« knurrte seine Frau, und ihre Nackenhaare sträubten sich. »Worin hast du unser Geld denn jetzt schon wieder investiert?«

Plötzlich fühlte ich mich ziemlich unbehaglich. Unsere kleine Besprechung schien in einen Familienkrach auszuarten, bei dem ich, wie ich meinte, nichts zu suchen hatte. Offensichtlich ging es Massha nicht anders.

»Na gut, wenn ihr uns nicht helfen könnt, dann war's das wohl«, sagte sie und erhob sich. »Kein Problem. Ein Gefallen ist kein Gefallen, wenn man erst zu ihm gezwungen werden muß. Komm, Heißmatz, wir vergeuden nur unsere und ihre Zeit.«

Wenngleich ich ihr teilweise recht gab, zwang mich meine Verzweiflung dazu, wenigstens noch *einen* weiteren Versuch zu unternehmen.

»Nicht so schnell, Massha. Drahcir hat recht. Zeit ist Geld. Vielleicht könnten wir über irgendeine Art Honorar verhandeln, um ihnen die Zeit zu vergüten, die sie für uns aufwenden müßten. Dann wäre es kein Gefallen mehr, sondern ein Geschäft. Ich meine, wir brauchen *wirklich* ihre Hilfe! Die Wahrscheinlichkeit, daß wir diesen Vic aufstöbern, ist ziemlich gering.«

Aahz wäre glatt in Ohnmacht gefallen, wenn er hätte mit anhören müssen, wie ich schon *vor* den Honorarverhandlungen zugab, wie sehr wir auf Hilfe angewiesen waren, doch diese Reaktion war nichts im Vergleich dazu, wie der Kläffer mein Angebot aufnahm.

»Was hast du gesagt?« verlangte Drahcir zu wissen und sprang mit angelegten Ohren auf alle viere.

»Ich habe gesagt, daß ihr uns vielleicht helfen würdet, wenn wir euch dafür bezahlen«, wiederholte ich und wich ein Stück zurück »Ich wollte dich nicht beleidigen ...«

»Mit Geld kann man Drahcir nie beleidigen«, fauchte seine Frau. »Er meinte: Was hast du da über Vic gesagt?«

»Habe ich ihn tatsächlich noch gar nicht erwähnt?« fragte ich stirnrunzelnd. »Das ist der Vampir, den Aahz angeblich ...«

Plötzlich erscholl zwischen den Balken über unseren Köpfen ein lautes Flattern, als würde jemand mit großem Lärm eine Zeitung schütteln, um eine Katze vom Tisch zu scheuchen. Es funktionierte auch … nicht mit der Katze (ich glaube nicht, daß die Werwölfe eine besaßen), sondern mit Massha und mir. Mein Lehrling stürzte zu Boden, den Kopf mit beiden Händen bedeckend, während ich, der ich mehr als sie an plötzliche Gefahren gewöhnt war, anmutiger und geschmeidiger unter den Kaffeetisch hechtete.

Als wir uns von unseren panischen … Entschuldigung, von unseren taktisch klugen Defensivmanövern erholt hatten, war nichts mehr zu sehen außer den undeutlichen Umrissen eines Etwas mit riesigen Schwingen, das gerade durch die Vordertür verschwand.

»Das überlasse ich jetzt völlig dir, meine Liebe«, sagte Drahcir entschlossen, der trotz der plötzlichen Aktivität unbeweglich dastand.

»Komm schon, Liebster!« bat seine Frau. »Du kannst doch viel besser erklären als ich. Du bist es doch, der mir dabei helfen soll, wenn es darum geht, mit Leuten zu sprechen.«

»Das ist eine Fähigkeit, die ich bei diesen ganzen Auftritten verfeinert habe, die du so kritisierst«, erwiderte er steif.

»Würde mir vielleicht *irgend jemand* erklären, was hier los ist?« fragte ich in einem Ton, der wesentlich lauter ausfiel als es sonst der Fall ist, wenn ich bei Leuten zu Gast bin.

Bevor ich eine Antwort bekam, sprang die Tür auf und zerschmetterte den letzten Rest dessen, was von meinem Nevenkostüm noch übriggeblieben war.

»He, Boß! Hast du gesehen wa – wa – was …«

»Raus, Guido!« befahl ich, froh darüber, jemanden anbrüllen zu können, ohne mich deswegen schuldig zu fühlen. »Putz dir die Nase … *mir* geht's gut, danke! Nett, daß du nachfragst.«

Bis mein Leibwächter wieder hinausgetaumelt war, das Gesicht zur Hälfte in einem Taschentuch vergraben, hatte ich den größten Teil meiner Fassung zurückgewonnen.

»Entschuldigt die Unterbrechung«, sagte ich so lässig ich konnte, »aber mein Kollege wirft wirklich eine interessante Frage auf. Was *war* das?«

»Angst?« fragte Massha.

Anscheinend hatte sie sich etwas eher gefaßt als ich. Ich schloß die Augen und dachte einmal mehr über den höchst zweifelhaften Wert frecher Lehrlinge nach.

»*Das*«, meinte Drahcir großspurig und gerade noch rechtzeitig, um mich daran zu hindern, meinen Lehrling zu erwürgen, »war Vic ... einer der verrückten Künstlerfreunde meiner Frau, der unangemeldet hier reinplatzte, um eine ganze Weile zu bleiben. *Und*, wenn ich nicht irre, der Verbrecher, der deinen Partner reingelegt hat und nach dem ihr sucht.«

»Er war gar kein richtiger Freund von mir«, warf Idnew kleinlaut ein. »Nur der Freund eines Freundes, wenn man's genau nimmt. Verrückte Künstler halten meistens zusammen und tauschen Adressen von Leuten aus, wo man mal reinplatzen und bleiben kann. Er war nur so ein Fall für die Wohlfahrt, der ein bißchen Pech gehabt hat ...«

»... der nun gerade munter zu seinem Komplizen zurückfliegt und ihm die Nachricht überbringt, daß wir ihm auf den Fersen sind«, schloß ich mit einer Grimasse.

»Müßte das nicht eigentlich an ›sei*nen*‹ Komplizen heißen, also im Plural steh'n?« fragte Massha leise.

Ich ignorierte sie.

»Ach, Drahcir«, sagte Idnew, »jetzt müssen wir ihnen aber wirklich helfen. Anders können wir das nicht wiedergutmachen, ausgerechnet der Person Unterschlupf gewährt zu haben, nach der sie suchen.«

»Vielleicht darf ich mal darauf hinweisen«, antwortete ihr Gatte, »daß wir diese Leute kaum kennen. Wir schulden ihnen keinerlei Erklärungen und schon gar keine Hilfe. Außerdem mußt du noch an deinen Termin denken und ...«

»Drahcir!« unterbrach ihn Idnew. »In unserer Hütte könnte es wirklich ziemlich einsam werden, wenn ich Tag und Nacht nur noch auf meinen Termin hinarbeitete, wenn du verstehst, was ich meine.«

»Also Liebes!« sagte Drahcir und gesellte sich an die Seite seiner Frau. »Bevor du dich aufregst, hör mir erst mal zu. Ich habe über die Sache nachgedacht und glaube, daß wir diesen Leuten doch noch helfen können, ohne unsere eigene Arbeitsplanung über den Haufen zu werfen. Ich meine, wir haben ja noch einen Freund ... ein Stückchen weiter im Norden ... der im Augenblick nichts zu tun hat und den Auftrag gebrauchen könnte. Ich bin sicher, daß er dazu bereit wäre, ihnen als Fährtenleser zu dienen, und zwar zu einem Bruchteil des Honorars, das wir dafür verlangen würden.«

Es war offensichtlich, daß er in den vagen Andeutungen sprach, welche Partner oft benutzten, um dem anderen selbst vor den Ohren Fremder ungestört auf den Zahn zu fühlen, denn ich hatte nicht die leiseste Ahnung, worauf er hinauswollte, während Idnew sofort darauf ansprang.

»Oh, Drahcir!« rief sie aufgeregt, und von ihrem Zorn war nichts mehr zu bemerken. »Das ist ja perfekt! Und er wird Massha geradezu *lieben!*«

»Das beantwortet allerdings noch nicht die Frage, ob wir ihn rechtzeitig hierherbringen können«, warnte ihr Mann. »Und natürlich beanspruche ich einen gewissen Prozentsatz als Finderlohn ...«

»WAS!« rief ich.

»Der Meinung bin ich auch«, sagte Idnew entschieden. »Ein Finderlohn ist etwas völlig ...«

»Nein!« drängte ich. »Was hast du damit gemeint, daß nicht mehr genügend Zeit bleiben könnte? Ich dachte, die Hinrichtung wäre erst Ende der Woche?«

»Das stimmt schon«, meinte Drahcir. »Aber Ende der Woche ist morgen. Dein Freund soll um Mitternacht hingerichtet werden.«

»Komm, Massha«, befahl ich und schritt zur Tür. »Wir kehren nach Blut zurück.«

»Wozu?« wollte sie wissen. »Was sollen wir denn ohne einen Spürhund machen?«

»Wir haben versucht, die Angelegenheit auf die freundliche Tour zu regeln«, erwiderte ich grimmig. »Jetzt werden wir andere Saiten aufziehen. Du wolltest doch Action, Lehrling, nicht wahr? Hast du nicht Lust, mir bei einer kleinen Gefangenenbefreiung zur Hand zu gehen?«

X

»Was ist denn gegen ein kleines Verbrechen, so ab und an, einzuwenden?«

A. Capone

»Aber ich sag's dir, Boß, Gefangenenbefreiung ist eine miese Taktik. Und wenn du, wie im Moment, auf der Magikschiene nur mit halber Kraft fahren kannst, könnte alles mögliche schiefgehen ...«

»Bevor wir uns jetzt aufgeregt in das hineinsteigern, was alles schiefgehen könnte, Guido«, sagte ich und versuchte so, dem Gespräch wenigstens *etwas* Konstruktives abzugewinnen, »solltest du mir lieber sagen, wie schwierig es ist, jemanden aus einem Gefängnis zu befreien. Oder hast du auch noch nie bei einer Gefangenenbefreiung mitgemacht?«

»Natürlich habe ich schon bei Gefangenenbefreiungen mitgemacht«, erklärte der Leibwächter und warf sich voll Stolz in die Brust. »Ich war sogar bei *drei* Gefangenenbefreiungen als Komplize dabei. Für was für einen Syndikatsmann hältst du mich eigentlich?«

Mit heldenhafter Anstrengung widerstand ich der Versuchung, ihm auf diese Frage eine passende Antwort zu geben.

»Na gut. Wie wär's denn dann mit ein paar Hinweisen? Das hier ist meine erste Gefangenenbefreiung, und da möchte ich möglichst wenig falsch machen.«

Ich machte mich auf einen langatmigen Vortrag gefaßt, doch Guido reagierte lediglich, indem er etwas betreten dreinsah.

»Ähhh ... genaugenommen, Boß, glaube ich kaum, daß du die Pläne, nach denen ich damals gearbeitet habe, gerne nachahmen würdest. Weißt du, alle drei Versuche waren nämlich 'ne mächtige Pleite. Keiner von denen hat funktioniert, und zweimal wurde der Typ, den wir befreien wollten, dabei getötet. Deshalb weiß ich ja auch so gut, daß Gefangenenbefreiungen eine miese Taktik sind, wenn du verstehst, was ich meine.«

»Oh, wunderbar! Einfach klasse! Sag mal, *Herr* Leibwächter, hast du mit deinen ganzen Allergien und deinem Null-zu-drei-Rekord in Sachen Gefangenenbefreiungen eigentlich überhaupt mal *irgendwas* beim Syndikat gemacht, was funktioniert hat?«

Eine Hand legte sich sanft von hinten auf meine Schulter.

»He! Immer mit der Ruhe, Große Nummer!« sagte Massha leise. »Ich weiß ja, daß du dir Sorgen um deinen Partner machst, aber laß es nicht an Guido aus ... und auch nicht an mir, wenn wir schon mal dabei sind. Wir sind vielleicht nicht gerade 'ne Superschau, aber wir sind hier, um dir so behilflich zu sein, wie wir können, obwohl wir viel lieber wieder zu Hause im Bazar wären. Du bist auch so schon gebeutelt genug, da brauchst du dir nicht noch zusätzlich Zwistigkeiten mit deinen Verbündeten einhandeln.«

Ich wollte sie schon anfahren, riß mich aber im letzten Augenblick zusammen. Statt dessen sog ich die Luft tief ein und ließ sie ganz langsam wieder entweichen. Massha hatte natürlich recht. Meine Nerven waren bis zum Zerreißen gespannt ... was mir auch ganz recht geschah, da ich meinen eigenen Rat mißachtet hatte.

Wir hatten beim Verschicker Unterschlupf gefunden, dem einzigen Ort in der Stadt, der mir als Operationsbasis einfiel, und sobald wir dort eingetroffen waren, hatte ich darauf bestanden, daß Massha und Guido sich schlafen legten. Seit wir die Tür zur Dimension Vorhölle durchschritten hatten, waren wir ununterbrochen auf den Beinen gewesen, und ich überlegte mir, daß meine Leute so ausgeruht wie möglich sein sollten, wenn wir versuchten, Aahz rauszuhauen. Natürlich hatte ich, nachdem ich sie endlich davon überzeugt hatte, daß es nötig war sich zu erholen, meinen eigenen Ratschlag sofort wieder in den Wind geschlagen und war aufgeblieben, um die Lage zu durchdenken.

Die rationale Erklärung, die ich mir für dieses wahnwitzige Verhalten einredete, lautete, daß ich etwas Zeit brauchte, um ungestört meine Batterien wieder aufzuladen, damit das bißchen Magik, das mir zur Verfügung stehen würde, wenigstens optimal genutzt werden konnte. Tatsächlich verbrachte ich die Zeit jedoch damit, mir Sorgen zu machen. Obwohl ich selbst seit meiner Zusammenarbeit mit Aahz an zahlreichen kriminellen Aktivitäten teilgenommen hatte, waren diese alle entweder von Aahz oder von Tanda geplant worden. Dies war das erste Mal, daß ich mich als Chef einer Operation versuchen mußte, und das Risiko war sehr hoch. Nicht nur Aahz', auch Masshas und Guidos Zukunft hingen von dem Erfolg meines Debüt ab, und mein Selbstvertrauen befand sich gegenwärtig auf einem solch niedrigen Stand wie nie zuvor. Nach langen Überlegungen hatte ich mich mühsam dazu durchgerungen, über meinen eigenen Schatten zu springen und

Guidos Erfahrung in Anspruch zu nehmen, weshalb es mich auch so hart getroffen hatte, erfahren zu müssen, daß er noch weniger von erfolgreichen Gefangenenbefreiungen verstand als ich.

»Entschuldigung, Guido«, sagte ich und versuchte, meinen Gedanken eine neue Gestalt zu geben. »Ich schätze, ich bin wohl doch müder, als ich dachte. Ich wollte dich nicht zur Schnecke machen.«

»Keine Bange, Boß«, grinste der Leibwächter. »Ich hab damit schon gerechnet. Alle großen Operationschefs, mit denen ich gearbeitet habe, werden ein bißchen zappelig, wenn's aufs Ganze geht. Daß du langsam etwas gereizt wirst, ist eigentlich das beste Zeichen, das ich bisher bei dieser Unternehmung bemerkt habe. Deshalb war ich selbst ja auch so nervös. Ich war mir nicht sicher, ob du die Geschichte nicht vielleicht auf die leichte Schulter nimmst oder ob du zu blöd bist, zu erkennen, wie unsere Chancen tatsächlich stehen. Jetzt, wo du ganz normal und der Lage entsprechend reagierst, sehe ich schon weitaus weniger schwarz, was den Ausgang der Sache angeht.«

Klasse! Jetzt, da ich am Ende meiner Kräfte war, meinte unser ewiger Pessimist, alles liefe wie geschmiert!

»Also gut«, sagte ich und rieb mir über die Stirn. »Wir haben nicht besonders viele Informationen, und das, was wir wissen, klingt reichlich mies. Vilhelms Aussagen zufolge hält man Aahz in der ausbruchsichersten Zelle fest, die sie haben, nämlich im obersten Stockwerk des höchsten Turms der ganzen Stadt. Wenn wir ihn von innen befreien wollen, müssen wir jeden Wärter entweder an der Nase herumführen oder unschädlich machen, und zwar sowohl auf dem Weg nach oben als auch hinterher auf dem

Rückweg. Für mich heißt das, daß wir ihn nur von außen befreien können.«

Meine Gehilfen nickten eifrig, und sie wirkten so begeistert, als hätte ich soeben das Ei des Kolumbus entdeckt.

»Da meine Kräfte aber gerade Ebbe haben, bezweifle ich, daß ich so weit hinauf levitieren *und* in die Zelle einbrechen kann. Massha, gibt es irgendwas unter deinen Schmuckstücken, das als Seil und Kletterhaken dienen könnte?«

»N– nein«, sagte sie zögernd, was mich überraschte, denn normalerweise hatte sie das Inventar ihrer hübschen Niedlichkeiten immer auswendig im Kopf.

»Ich habe ein Seil gesehen, das innen hinter der Tür hängt«, warf Guido ein.

»Ich habe es auch bemerkt«, sagte ich, »aber das ist nicht einmal annähernd lang genug. Wir müssen also mit Hilfe meiner Kräfte irgendwie zu der Zelle hinaufkommen und uns dann etwas überlegen, wie wir einbrechen können.«

»Hmmmm ... das brauchst du nicht, Große Nummer«, seufzte Massha. »Ich habe etwas, das wir benutzen können.«

»Was denn?«

»Der Gürtel, den ich trage und an dem meine ganze Ausrüstung hängt, ist ein Levitationsgürtel. Die Bedienungselemente sind zwar nicht fürchterlich zuverlässig, aber bis zur Turmspitze sollte er uns eigentlich befördern können.«

Ich musterte meinen Lehrling mit hochgezogener Augenbraue.

»Einen Moment mal, Massha. Warum hast du das denn nicht erwähnt, als ich danach gefragt habe?«

Sie wandte hastig den Blick ab.

»Du hast nicht nach einem Gürtel gefragt, nur nach einem Seil und einem Kletterhaken.«

»Seit wann muß ich dir präzise Fragen stellen ... oder überhaupt irgendwelche Fragen, wenn wir schon dabei sind, damit du deinen Senf dazu gibst?«

»Also gut«, seufzte sie. »Wenn du es unbedingt wissen willst, ich hatte gehofft, daß wir eine andere Möglichkeit finden würden, und den Gürtel nicht benutzen müßten.«

»Warum?«

»Weil es mir peinlich ist.«

»Wieso?«

»Es macht mich verlegen. Ich sehe albern aus, wenn ich in der Luft rumschwebe. Für dünne Typen wie dich und Guido ist das ja in Ordnung, aber ich sehe dabei aus wie ein Zeppelin. Das einzige, was mir dann noch fehlt, ist eine eintätowierte Reklame, und das Bild ist perfekt.«

Ich schloß die Augen und versuchte daran zu denken, daß ich übermüdet war und das nicht an meinen Freunden auslassen sollte. Die Tatsache, daß Massha sich Gedanken über ihr Aussehen machte, während ich mir das Gehirn zermarterte, wie ich uns alle lebendig aus diesem Schlamassel herausboxen konnte, war nicht entnervend – sie war ... *schmeichelhaft!* Das war's! Sie war sich meiner Fähigkeit, uns aus dieser Krise hinaus zu manövrieren, so sicher, daß sie noch Zeit hatte, sich um ihre äußere Erscheinung zu sorgen! Natürlich brachte die Möglichkeit, daß ich diesem Vertrauen nicht gerecht werden könnte, neue Sorgen und Verunsicherungen mit sich. Wunderbar!

»Bist du in Ordnung, Boß?«

»Hmmm? Ja, klar doch, Guido, völlig in Ordnung.

Also: Massha schwebt zum Fenster hinauf, somit sind wir beide frei und können ...«

»Halt, halt, Heißmatz!« unterbrach Massha und hob eine Hand. »Ich glaube, ich sollte dir diesen Gürtel etwas gründlicher erklären. Ich habe ihn beim Ausverkauf auf einem Wühltisch erstanden, und die Steuerung ist überhaupt nicht so, wie sie sein sollte.«

»Wieso?«

»Na ja, die Aufwärtssteuerung funktioniert zwar, aber die Höhenregelung ist ziemlich wacklig, so daß man nie sicher sein kann, wieviel Gewicht man nach oben bewegen kann und wie hoch es fliegen wird. Das wirkliche Problem ist allerdings die Abwärtssteuerung. Es gibt keine Schubbremse, das heißt, das Ding ist immer nur entweder an oder aus.«

Technischer Jargon war zwar noch nie meine Stärke, aber vom Fliegen verstand ich etwas, so daß ich ihr beinahe folgen konnte.

»Mal sehen, ob ich das richtig verstanden habe«, resümierte ich. »Wenn man nach oben fliegt, weiß man nicht genau, mit welchem Schub, und wenn man landet ...«

»... dann nur ziemlich unsanft«, beendete sie meinen Satz. »Im Prinzip stürzt man einfach in die Tiefe, egal, in welcher Höhe man sich gerade befindet.«

»Ich verstehe ja nicht viel von diesem magischen Kram«, bemerkte Guido trocken, »aber besonders gut hört sich das nicht an. Warum benutzt du so 'n Gerät überhaupt?«

»Tu ich ja gar nicht ... jedenfalls nicht zum Fliegen«, erwiderte Massha. »Ich hab doch gesagt, daß ich dann ziemlich albern aussehe, nicht wahr? Ich benutze das Ding lediglich als Ausrüstungsgürtel ... du weißt schon, wie Batman. Ich meine, er ist ganz hübsch, und Gürtel für meine Größe zu finden ist gar nicht so einfach.«

»Wie dem auch sei«, sagte ich und unterbrach ihr Gespräch über Mode für Mollige. »Heute nacht werden wir ihn jedenfalls dazu benutzen, zur Zelle hinauf zu fliegen, auch wenn wir irgendeine Art Ballastsystem dafür konstruieren müssen. Jetzt sollten wir uns nur noch etwas ausdenken, wie wir das Zellenfenster aufbekommen. Und einen Fluchtplan brauchen wir auch. Guido, mir fällt gerade ein, daß du uns vielleicht doch noch das eine oder andere über Gefangenenbefreiungen beibringen kannst, auch wenn deine Versuche nicht erfolgreich verlaufen sind. Ich meine, negative Beispiele können manchmal ebenso lehrreich sein wie positive. Also dann sag mir mal, was deiner Meinung nach falsch gemacht wurde, als ihr früher solche Befreiungen geplant habt.«

Die Stirn des Leibwächters furchte sich bei der ungewohnten Anstrengung des Nachdenkens.

»Ich weiß nicht, Boß. Wir konnten planen, soviel wir wollten, irgendwie kam immer irgendwas dazwischen, mit dem wir nicht gerechnet hatten. Wenn ich sagen müßte, was die Hauptursache dafür war, daß wir Mist gebaut haben, dann war es wohl genau das ... zuviel Planung. Ich meine, nach wochenlangen Vorträgen und Übungssitzungen wird man irgendwann ein bißchen zu zuversichtlich, und wenn dann was schiefgeht, erwischt es einen völlig unvorbereitet, wenn du verstehst, was ich meine.«

So nervös wir auch waren, mußten Massha und ich dennoch lachen.

»Na, über dieses Problem brauchen wir uns wenigstens keine Sorgen zu machen«, meinte ich. »Wir haben *immer* nur ganz wenig Zeit zur Planung, und diesmal müssen wir alles innerhalb weniger Stunden zusammen haben.«

»Wenn ihr noch Stunden braucht, schafft ihr es nie«, sagte Vilhelm, der gerade rechtzeitig in den Raum getreten war, um meine letzte Bemerkung mitzubekommen.

»Was soll denn das schon wieder heißen?« Massha legte die Stirn in Falten.

»Sagt mal, seid ihr Typen *wirklich* ganz sauber?« fragte der Vampir, meinen Lehrling völlig ignorierend. »Mir fällt ein, daß ich eigentlich nur euer Wort habe ... daß Vic nocht lebt und so. Wenn ihr meine Gutmütigkeit nur ausnutzen wollt, um irgendeine krumme Tour zu versuchen ...«

»Er lebt ganz bestimmt«, versicherte ich ihm. »Ich habe ihn selbst gesehen, nachdem wir das letztemal hier waren ... aber du hast die Frage nicht beantwortet. Was hast du damit gemeint? Was soll passieren, wenn wir noch Stunden brauchen um die Gefangenenbefreiung zu planen?«

Der Verschicker zuckte die Schultern.

»Ich nehme an, ihr wißt schon, was ihr tut, und wahrscheinlich sollte ich lieber den Mund halten, aber ich mache mir langsam Sorgen. Ich meine, die Sonne geht gerade unter, und wenn ihr noch vor der Hinrichtung zuschlagen wollt, dann sollte das möglichst bald geschehen.«

»Wie meinst du das?« fragte ich stirnrunzelnd. »Die Hinrichtung soll doch erst um Mitternacht stattfinden. Ich hatte eigentlich angenommen, daß wir abwarten können, bis es dunkel geworden ist und in der Stadt alles etwas ruhiger zugeht.«

»Du machst wohl Witze, wie?« fragte der Vampir erschrocken und riß die Augenbrauen bis zum Haaransatz hoch. »Das ist, wenn ... ach so, jetzt kapiere ich das erst! Du denkst immer noch in den Zeitplänen anderer Dimensionen. Du mußt … hmmm, vielleicht solltest du dich lieber erst mal hinsetzen, Skeeve.«

»Laß schon hören«, forderte ich ihn auf und rieb mir erneut die Stirn. »Was habe ich denn jetzt schon wieder übersehen? Auch ohne Augenbinde und letzte Zigarette würde ich die Nachricht lieber im Stehen entgegennehmen.«

»Na gut, du darfst nicht vergessen, daß das hier eine Vampirstadt ist. Sonnenuntergang ist für uns das, was Sonnenaufgang für euch ist. Dann geht's hier erst richtig los! Das ist nicht die Zeit, zu der man sich zur Ruhe legt. Das bedeutet …«

»… daß Mitternacht die absolute Stoßzeit ist, und je länger wir jetzt warten, um so mehr Leute werden auf der Straße sein«, fuhr ich fort und versuchte dabei, ein Stöhnen zu unterdrücken.

Nachdem man mich auf das Grundversäumnis aufmerksam gemacht hatte, war ich durchaus fähig, den Rest selbst zu überblicken … mit allen entsetzlichen Konsequenzen. Um meiner eigenen Panik Herr zu werden, wandte ich mich an meine Gehilfen.

»Also gut, Leute, es geht los. Guido, du nimmst das Seil mit, das wir entdeckt haben. Vielleicht brauchen wir es, bevor wir mit der Sache fertig sind.«

Der Leibwächter weitete erstaunt die Augen.

»Soll das heißen, daß wir uns jetzt sofort an die Arbeit machen? Aber Boß! Wir haben doch überhaupt keinen Plan …«

»Na, na, Guido!« sagte ich und zeigte ihm ein Lächeln, das beinahe normal war. »Du warst es doch, der meinte, daß übermäßige Planung zum Problem werden kann. Na, wenn du recht haben solltest, dann dürfte das die erfolgreichste Gefangenenbefreiung aller Zeiten werden!«

XI

»Nett hier! Das Gefängnis sieht ziemlich sicher aus.«
Die Panzerknacker

In einem Punkt hatte Vilhelm recht. Die Straßen waren nicht halb so bevölkert wie lange nach Sonnenuntergang, als wir sie das erste Mal durchschritten hatten. Nur hier und da liefen ein paar verirrte Wesen umher, die irgendwelche Waren ablieferten oder die Gehsteige vor ihren Läden vor dem Öffnen fegten. Abgesehen von dem Mangel an Licht sah die Stadt wie jede andere aus, die sich auf ihr Tagewerk vorbereitet ... abgesehen auch von den roten Augen ihrer Bewohner.

Wir bewegten uns im Schutz des wenig vorhandenen Lichts durch die Straßen ...

Das stimmt schon: Ich habe wirklich »im Schutz des Lichts« gesagt. Ich gebe mir meistens Mühe, ein und denselben Fehler höchstens ein dutzendmal hintereinander zu machen. In jeder anderen Dimension hätten wir den »Schutz der Dunkelheit« gesucht, um nicht bemerkt oder erkannt zu werden. Hier suchten wir dagegen den »Schutz des Lichts«. Lachen Sie nicht. Es funktionierte.

Jedenfalls schritten wir durch die Straßen von Blut, während ich damit beschäftigt war, mir einen geeigneten Fluchtweg auszudenken. Darüber, wie wir Aahz aus dem Gefängnis bekamen, würde ich mir schon noch Gedanken machen, wenn es soweit war. Im Augenblick machte ich mir Sorgen darüber, was wir tun sollten, wenn wir ihn erst einmal hatten ... eine ziemlich kühne Voraussetzung, ich weiß, aber ich hatte so wenig Optimismus, daß ich mich an das letzte bißchen mit Händen und Füßen klammerte.

Wir drei sahen hinlänglich wie Vampire aus, um einer oberflächlichen Kontrolle standzuhalten. Aber es war unmöglich, meinen grünschuppigen Partner ohne einen Tarnzauber als Einheimischen auszugeben, und ich mochte nicht darauf setzen, daß ich nach Aahz' Befreiung noch genügend magische Energie für einen solchen übrig haben würde. Deshalb reckte ich ständig den Hals, um in Seitenstraßen und Gassen hineinzuspähen in der Hoffnung, eine wenig benutzte Route ausfindig zu machen, entlang derer wir unseren flüchtenden Kollegen aus der Stadt schaffen konnten, ohne gleich die halbe Einwohnerschaft am Hals zu haben. Als wir endlich am Ziel ankamen, war ich einigermaßen sicher, daß ich uns auf dem Weg, den wir gekommen waren, zum Verschicker würde zurückbringen können; *absolut* sicher war ich mir dagegen, daß ich uns, sollten wir die Seitenwege nehmen, hoffnungslos in die Irre führen würde.

»So, Boß, da sind wir. Meinst du, wir können es knacken?«

Ich glaube nicht, daß Guido wirklich eine Antwort erwartete. Er wollte lediglich das Schweigen brechen, das uns befallen hatte, als wir stehenblieben und unser Ziel musterten.

Das Stadtgebäude war ein imposanter Bau, mit dikken Steinmauern und einem Eckturm, der hoch in die Finsternis emporragte, so daß man seine Spitze kaum erkennen konnte. Es sah so aus, als könnten wir nicht einmal mit einer Kanone eine Delle hineinschlagen … selbst wenn wir eine zur Verfügung gehabt hätten, was ja ohnehin nicht der Fall war. Ich war die Zelte des Bazars und den ziemlich brüchigen Baustil von Klah gewöhnt. Während mich die Bauten hier in Blut nach und nach zu beeindrucken begonnen hatten, flößte dieses Gebäude mir nahezu Angst ein. Ich hatte schon ganze Berge gesehen, die wesentlich baufälliger gewesen waren!

»Na, eins ist jedenfalls sicher«, begann ich beinahe flüsternd.

»Was denn?«

»Das Ding wird auch nicht schwächer, selbst wenn wir es noch lange anstarren.«

Keiner meiner Gehilfen lachte über meinen Witz, aber das tat ich ja schließlich auch nicht.

Ich schüttelte eine böse Vorahnung ab und wandte mich an meine Gefolge.

»Also gut, Guido. Du bleibst hier unten und stehst Schmiere. Massha? Glaubst du, dein Gürtel kann zwei von uns levitieren? Wird Zeit, daß wir uns endlich nach oben begeben und uns mal diese ausbruchsichere Zelle anschauen.«

Mein Lehrling fuhr sich mit der Zunge über die Lippen und zuckte die Schultern.

»Ich weiß nicht, Heißer Junge. Ich hab dich ja gewarnt, daß die Steuerung nicht richtig funktioniert. Das Ding kann uns genausogut in den Weltraum katapultieren.«

Ich klopfte ihr, wie ich hoffte, zuversichtspendend auf die Schulter.

»Na, versuch's mal, dann werden wir es schon merken.«

Sie nickte, umfaßte meinen Brustkorb mit einem

Arm und spielte mit der anderen Hand an den Edelsteinen auf ihrer Gürtelschnalle.

Ein Lichtergefunkel – doch weiter nichts.

»Nicht genug Saft«, murmelte sie.

»Dann dreh das Ding schon auf«, drängte ich.

Auch wenn Vampire das Licht größtenteils meiden – wir waren inzwischen so hell erleuchtet wie ein Weihnachtsbaum und würden zwangsläufig Aufmerksamkeit erregen, wenn wir noch lange am Boden blieben.

»Dann drück uns mal die Daumen«, sagte sie grimmig und befingerte erneut die Edelsteine.

Das Licht wurde stärker, und wir schossen schnell in die Höhe ... zu schnell.

»Vorsicht, Boß!« schrie Guido und griff nach meinen Beinen, als sie an ihm vorbeisausten.

Das bremste unseren Auftrieb ... na ja, fast wenigstens. Anstatt in die Nacht emporzujagen, schwebten wir nun langsam, kaum merklich immer höher.

»Das war's, Große Nummer!« rief Massha und legte nun beide Arme um mich. »Allerdings ein bißchen mehr Ballast, als ich einkalkuliert hatte.«

Ich überlegte kurz, ob ich Guido befehlen sollte, loszulassen, entschied mich aber dagegen. Wenn der Leibwächter seinen Griff lösen sollte, würden wir mit Sicherheit unsere vorherige Beschleunigung wieder aufnehmen ... und wenn auch viele Leute im Bazar von meinem meteorhaften Aufstieg gesprochen hatten, wollte ich diesen Ausdruck doch lieber im Bereich des Metaphorischen belassen. Außerdem war da noch die Kleinigkeit, daß wir inzwischen bereits eine Höhe erreicht hatten, die einen Sturz in die Tiefe gefährlich erscheinen ließ. Und dann war da noch Guidos verzweifelter Griff um meine Beine.

»Sag's nicht, laß mich lieber raten«, rief ich ihm zu. »Höhenangst hast du auch, stimmt's?«

Der Ausblick auf Blut, das sich unter uns erstreckte, war wahrhaft atemberaubend. Wirklich! Mein Leben war dieser Tage derart angefüllt mit Krisen und Gefahren, daß eine Kleinigkeit wie das Herabschauen auf Gebäude aus großer Höhe mir kaum noch etwas ausmachte, doch selbst mir blieb der Atem weg angesichts der Nähe dieser steilen Mauern, die mit schauerlichen Wesen verziert waren. Doch erst als ich seine Fingernägel spürte, die sich in meine Waden krallten, kam ich auf den Gedanken, daß so etwas einen alten Haudegen wie Guido aus der Fassung bringen könnte.

»Merkt man das?« fragte er nervös.

Dabei ließ ich es bewenden. Ich war damit beschäftigt, den Turm zu studieren, der aus dieser Höhe weitaus überschaubarer war. Dieser Teil hier oben sah fast noch stärker aus als der Gebäudeteil weiter unten. Eine Einzelheit erregte jedoch meine besondere Aufmerksamkeit. Der obere Teil des Turms, in dem ich Aahz' Zelle vermutete, hatte die Form eines großen Drachenkopfs. Das Fenster, mit dem ich gerechnet hatte, war in Wirklichkeit das Maul des Drachen, dessen Zähne als Gitterstäbe dienten.

Angesichts der Fülle steinerner Tiergestalten an und auf den Gebäuden der Stadt hätte ich eigentlich mit etwas Derartigem rechnen müssen, dennoch war es eine Überraschung ... allerdings eine angenehme. Ich hatte erwartet, Eisenstäbe überwinden zu müssen, steinerne Zähne waren möglicherweise leichter zu bewältigen. Wenn Aahz sich von innen daranmachte und wir von außen, konnten wir vielleicht den Mörtel lockern und dann ...

Plötzlich bemerkte ich, daß wir uns jede Augenblick mit der Zelle auf gleicher Höhe befinden mußten ... und daß wir wenige Augenblicke später daran vorbeigeflogen sein würden! Wenn wir nicht irgend etwas unternahmen – und zwar schnell –, würden wir mit Aahz allenfalls ein paar kurze Worte wechseln können, bevor wir für immer auseinandergingen. Angesichts dieses Zeitdrucks suchte ich nach einer Lösung für dieses Problem.

Die Mauer war zu weit entfernt, um sie packen zu können, und es gab andererseits keine Möglichkeit, unser Gewicht zu vergrößern, es sei denn ...

Als Aahz mir das Fliegen beigebracht hat, hat er das Ganze als »Umkehrung der Schwerkraft« bezeichnet. Das sollte besagen, daß man seine Energie dabei nicht darauf verwendet, sich auf den Beinen zu halten, sondern statt dessen mit aller Gedankenkraft gegen den Boden drückt und sich dann in die Luft erhebt. Ich konzentrierte mich also auf mein Reservoir magischer Energie und benutzte einen kleinen Teil davon, um einen *umgekehrten Flug* zu versuchen. Anstatt Druck nach oben zu geben, drückte ich nach unten!

Na schön, ich war verzweifelt. Wenn ich in einer Krise stecke, dann versuche ich einfach alles, egal wie blöd es auch sein mag. Zum Glück funktionierte diese blöde Idee!

Unser Auftrieb wurde gebremst, bis ich auf Augenhöhe vor dem Drachenmaul der Zelle schwebte.

Ich versuchte, mir meine Erleichterung nicht anmerken zu lassen, und sprach deshalb sehr laut:

»He, Aahz! Wie sind denn hier die Besuchszeiten?«

Zunächst erhielt ich keine Antwort und fühlte schon jähe Panik in mir hochsteigen bei dem Gedanken, wir könnten hier in hundert Fuß Höhe mitten in der Luft vor einer leeren Zelle schweben. Doch dann erschien das unverwechselbare Konterfei meines Partners in der Fensteröffnung.

»Skeeve?« fragte er in zweifelndem Tonfall. »Skeeve! Was machst du denn da draußen?«

»Och, wir waren gerade in der Nähe, und da haben wir uns gedacht, schauen wir doch mal vorbei«, antwortete ich im beiläufigsten Ton, dessen ich fähig war. »Wir haben gehört, daß du einige Schwierigkeiten hast, und da dachten wir, wir hauen dich lieber raus, bevor es wirklich brenzlig wird.«

»Wer ist wir?« wollte mein Partner wissen, dann musterte er meine Gehilfen. »Oh, Gott, nein! *Die* beiden? Wo sind denn Tanda und Chumly? Komm, Skeeve! Ich brauch eine Rettungsmannschaft, und was schleppst du mir an? Eine Zirkusnummer!«

»Mehr konnte ich in der kurzen Zeit nicht auf die Beine stellen«, schoß ich leicht verärgert zurück. »Tanda und Chumly sind von ihren eigenen Ausflügen noch nicht zurück, aber ich habe ihnen eine Nachricht hinterlassen, damit sie nachkomen können, sobald sie wieder da sind. Natürlich weiß ich nicht so recht, wieviel sie uns wirklich nützen können. Falls du dich fragen solltest, warum mein Lehrling mich tragen muß und ich nicht frei fliege – diese Dimension verfügt über außergewöhnlich wenige Kraftlinien, die man anzapfen könnte. Ich finde, ich habe eigentlich eine Menge Glück gehabt, daß ich ›*die* beiden‹ mitbringen konnte anstatt eine ganze Mannschaft richtiger Magiker, die zu stolz sind, technische Geräte zu verwenden. *Diesen* beiden habe ich es immerhin zu verdanken, daß ich es überhaupt bis hierher geschafft habe. Also, willst du jetzt unsere Hilfe, oder möchtest du lieber warten, bis das nächste Team vorbeischwebt? Ich meine, du hast doch keine Eile, oder?«

»Nun reg dich nicht gleich so auf, Partner«, sagte Aahz besänftigend. »Du hast mich nur ein bißchen überrascht, das ist alles. Schön, dann verrat mir jetzt mal, wie du mich hier rauskriegen willst?«

Das brachte mich wieder auf den Boden zurück ... oder zumindestso nahe heran, wie dies, mitten in der Luft, eben möglich war.

»Äh ... eigentlich hatte ich gehofft, daß *du* ein paar Ideen zur Lösung dieses Problems haben würdest, Aahz. Meistens bist du doch ziemlich gut darin, dir was auszudenken, wenn wir in der Klemme stekken.«

»Eins möchte ich gerne mal wissen«, knurrte Guido und drehte sich ein Stück im Wind. »Wenn dein Partner so 'ne schlaue Nummer ist, wieso hat er sich denn dann bisher nicht alleine hier rausholen können, na?«

Ich wollte meinen Leibwächter gerade zurechtweisen, als seine Worte in mein Bewußtsein drangen. Das war wirklich eine gute Frage! Aahz war stark ... ich meine STARK! Normalerweise hätte er die steinernen Zähne ganz allein aus eigener Kraft aus der Fensteröffnung reißen können. Was *hinderte* ihn denn nur daran?

»Och, ich hab hier soviel Spaß, daß ich es gar nicht über mich bringe, wieder wegzugehen«, bellte Aahz zur Antwort. »Ich bin hier drin, weil ich nicht rauskann, deshalb! Und wenn einer von euch irgendeinen Vorschlag zu machen hat, wie ihr mich hier rausholen könnt, dann wäre das jetzt eine prima Gelegenheit, sie uns anderen mitzuteilen.«

»Einen Augenblick mal, Aahz«, sagte ich. »*Warum* kannst du nicht hier raus ... und wie haben sie dich überhaupt gefangennehmen können?«

»Ich bin reingelegt worden«, versetzte mein Partner, doch mir fiel auf, daß seine Stimme diesmal schon ein wenig kleinlauter klang.

»Das wissen wir bereits«, drängte ich. »Ich möchte aber gerne erfahren, weshalb du nicht ein par Leuten die Köpfe eingeschlagen hast und zurück nach Hause gejagt bis. Bisher hast du dich doch auch nicht gerade durch Respekt gegenüber den örtlichen Behörden ausgezeichnet.«

»Man hat mir Drogen gegeben«, gestand er angewidert. »Sie haben mir irgendwas in meinen Drink getan, und plötzlich wachte ich auf, einen Pflock und einen Hammer in den Händen und im Zimmer nichts als Beamte. Was immer das für ein Zeug war, auf jeden Fall war ich während der ganzen Verhandlung noch völlig im Tran... ich meine, ich konnte nicht mal gerade gehen, ganz zu schweigen davon, mich vernünftig zu verteidigen, und danach war ich dann plötzlich *hier!*«

»Der alte Tropfentrick!« schnaubte Massha, was unser gesamtes Leiberbauwerk erschütterte. »Ich bin nur erstaunt, daß ein dimensionserfahrener Bursche sich mit einer derart abgedroschenen Nummer einsacken läßt.«

»Ja, das hat mich selbst überrascht!« gestand Aahz. »Ich meine, dieser Gag ist doch so alt, daß kein Aas mehr damit rechnet, daß ihn wirklich noch mal jemand anwenden könnte, nicht?«

»Nur wenn man damit rechnet, daß der Typ, den man umhauen will, bloß 'ne große Schnauze, aber nichts in der Rübe hat«, meldete sich Guido zu Wort.

»Ach, ja?« fauchte mein Partner, bereit, den alten Rivalitätskampf auf der Stelle aufzunehmen. »Na schön, wenn ich erst mal hier raus bin, können wir beide ja kurz vor die Tür ...«

»Hört auf, ihr beiden!« befahl ich. »Im Augenblick

ist unser Hauptproblem, uns *alle* hier rauszuholen, bevor der Ballon platzt ... das war nicht persönlich gemeint, Massha. Und jetzt raus damit, Aahz. Was ist denn an dieser Zelle so Besonderes, daß du hier nicht raus kannst?«

Mein Partner stieß einen schweren Seufzer aus.

»Schau sie dir doch noch mal an, Skeeve. Ich meine, *richtig!*«

Das tat ich. Für mich sah sie immer noch gleich aus: ein Turmzimmer in Gestalt eines Drachenkopfs.

»Schön. Und?«

»Und denk mal daran, wo wir hier sind. Dieses Ding ist gebaut worden, um *Vampir*verbrecher zu verwahren. Wesen mit übermenschlicher Kraft, weißt du, die sich in Nebel verwandeln können.«

Mein Blick wanderte zurück zum Drachenkopf.

»Ich verstehe nicht, was du meinst«, gestand ich. »Wie kann eine steinerne Zelle ein derartiges Wesen einsperren?«

»Das ist es ja gerade!« Aahz schnitt eine schmerzverzerrte Grimasse. »Eine Zelle aus einfachem Stein kann das auch nicht. Aber dieses Ding hier ist *lebendig*. Wenn jemand versucht auszubrechen, verschlingt sie ihn. Wenn er versucht, sich in Nebel aufzulösen, inhaliert sie ihn.«

»Du meinst ...«

»Jetzt bist du endlich im Bilde.«

Trotz seiner offensichtlichen Deprimiertheit ließ er sein zahniges Lächeln aufblitzen.

Durch diese Enthüllung ziemlich verblüfft, musterte ich erneut die Turmzelle. Als hätte er auf sein Stichwort gewartet, öffnete der Drachenkopf die Augen und blickte mich an.

XII

»Unmögliches zu erledigen braucht es nur den richtigen Mann.«

Sisyphos

Zu jedermanns Erstaunen, besonders aber zu meinem, empfand ich die Enthüllung über die wahre Natur von Aahz' Gefängnis überhaupt nicht als entmutigend. Im Gegenteil, ich war eher doppelt froh. Nicht nur, daß ich sofort eine Idee hatte, wie wir dem Problem beikommen konnten, ich war sogar vor meinem so klugen, erfahrenen Partner auf die Lösung gekommen ... und zwar ein ordentliches Stück früher als er, denn schließlich hatte er schon seit Tagen Zeit gehabt, über seine mißliche Lage nachzudenken, während ich gerade eben erst davon erfahren hatte. Natürlich war er wahrscheinlich nur nicht dazu in der Lage, diese einfache Lösung zu erkennen.

»Was grinst du so?« wollte er wissen. »Wenn daran irgend etwas komisch sein soll, dann ist es mir jedenfalls bisher entgangen.«

Im Gegensatz zu meinem eigenen freundlichen Wesen pflegt Aahz seinen Sorgen dadurch Ausdruck zu verleihen, daß er wütend wird. Genaugenommen verleiht er beinahe sämtlichen Gefühlen dadurch Ausdruck. Na ja, wenigstens ist er in dieser Hinsicht berechenbar.

»Sag mal«, fragte ich und musterte den Drachenkopf, »du meinst, dieses Ding hier lebt. Wie lebendig ist es genau'?«

»Was soll das heißen, ›wie lebendig ist es genau?‹« knurrte Aahz. »Lebendig genug, um mich zu verschlingen, wenn ihm danach sein sollte. Mir reicht das an Lebendigkeit.«

»Ich meine, kann es auch hören und sehen?«

»Wen kümmert das schon?« fragte mein Partner mit jener betörenden Mischung aus Charme und Neugier, die ihn so liebenswert macht. »Ich hatte eigentlich nicht vor, es zu einem Rendezvous auszuführen.«

Ich betrachtete das Tier gedankenverloren.

»Ich frage mich nur, ob es mich verstehen kann ... sagen wir mal, wenn ich beispielsweise sagte, daß es die häßlichste Gebäudeverzierung ist, die ich bisher in der ganzen Stadt gesehen habe?«

Der Kopf des Drachen belohnte mich dadurch, daß er die Augen zu einem bösartigen Funkeln verengte.

»Ich glaube, es kann dich verstehen, Boß«, sagte Guido beunruhigt und verstärkte seinen Griff. »Es sieht mir nicht so aus als hätte es diese Äußerung sonderlich gemocht.«

»Na klasse!« grollte Aahz. »Weißt du was, Partner? Ich will dir was sagen: Warum kommst *du* nicht hier rein und setzt dich an meiner Stelle auf die Zunge dieses Dings, bevor du es zur Weißglut bringst?«

»Das war doch nur ein Test.« Ich lächelte. »Ehrlich gesagt, das ist das unglaublichste Ding, das ich jemals gesehen habe, seit ich mit dem Dimensionsreisen begonnen habe. Vorhin das habe ich nur gesagt, um seine Reaktion zu testen.«

Der Drache hörte auf, mich wütend anzusehen, wirkte aber immer noch ein wenig mißtrauisch und wachsam.

»Na schön, aber dann tu mir einen Gefallen und such dir einen anderen Reaktionstest aus, ja?« bellte mein Partner. »Aus irgendeinem unerfindlichen Grund bin ich dieser Tage eine Spur nervös, und jedesmal, wenn dieses Ding sich bewegt, werde ich um Jahrhunderte älter.«

Ich ignorierte sein Knurren und schüttelte eines meiner Beine.

»He, Guido! Hörst du auch gut zu, da unten?«

Er verstärkte seinen Griff erneut.

»Natürlich höre ich zu, du kleines ... ich meine, klar doch, Boß. Gibt ja auch sonst nicht besonders viel zu tun, während wir hier rumhängen, wenn du verstehst, was ich meine. Und hör endlich auf, mit deinen Beinen rumzuzappeln, ja ... bitte?«

Ich fand seinen Versprecher hochinteressant, doch dies war nicht der geeignete Moment, um der Sache auf den Grund zu gehen.

»Gut, dann hör mir jetzt aufmerksam zu«, sagte ich. »Ich will, daß du folgendes tust. Ich will, daß du eine Hand von mir löst und mir das Seil hochreichst ...«

»Kommt nicht in Frage, Boß! Hast du dir mal angeschaut, wie tief es da runter geht? Ich lasse dich nicht los, egal was du ...«

»... denn wenn du das nicht tun solltest«, fuhr ich fort und ignorierte diese Unterbrechung, »werde ich solange hier herumzappeln, bis entweder du den Halt verlierst oder bis Massha mich losläßt. So oder so wirst du dann in die Tiefe stürzen. Verstehst du, worauf ich hinauswill? Würdest du jetzt mal ausnahmsweise einem Befehl gehorchen, ohne haufenweise Widerworte zu geben? Wir haben nicht viel Zeit, um diese Sache abzuziehen.«

Unter mir herrschte betroffenes Schweigen, als

Guido mein Ultimatum überdachte und die Möglichkeiten gegeneinander abwog.

»Was abziehen?« fragte Aahz. »Warum sagt mir denn keiner was? Wenn dein toller Meisterplan von dieser erbärmlichen Pappfigur von einem Leibwächter abhängen sollte, kannst du lieber gleich aufgeben. Ich hab dir doch schon immer gesagt, daß der Kerl ein viel zu großer Hasenfuß ist, um überhaupt zu irgendwas nutze zu ...«

»Wer ist hier ein Hasenfuß?« brüllte Guido. »Hör mal, Großmaul, sobald wir dich hier rausgeholt haben, werden wir beide diese Sache klären, und zwar ein für alle ...«

»Erst müssen wir ihn allerdings rausgeholt haben, Guido«, unterbrach ich ihn. »Das Seil.«

»Klar doch, Boß. Ein Seil, nach oben zu übergeben. Jawohl. Wollen doch mal sehen, wer hier ein Hasenfuß ist. Die letzte, Person, die mich so genannt hat, war meine Mamma, und als ich mit der fertig war ...«

Unser ganzes Gebilde begann bedrohlich zu wakkeln, als er einhändig seinen Mantel nach dem Seil durchsuchte. Einen Augenblick befürchtete ich schon, daß er wütend genug sein könnte, um mit beiden Händen danach zu suchen, nur um die Sache zu beschleunigen ...

»Ganz ruhig, Guido!« warnte ich. »Wir können ...«

»Da ist es, Boß!« sagte er und schleuderte das Seil derart heftig in die Höhe, daß es mir beinahe ins Gesicht klatschte. »Ich hoffe, du kannst es zum Aufhängen benutzen, als Strick für diesen Sohn einer ...«

»Aufhängen genügt nicht!« höhnte Aahz. »Um mich um die Ecke zu bringen, braucht man schon etwas mehr als ein Stück Seil.«

»Na klar. Dazu braucht man ein kleines Mädchen mit blauen Augen und ein Mixgetränk«, schnauzte mein Leibwächter zurück. »Wenn du dir einbildest, daß ich dir *das* durchgehen lasse ...«

Ich zwang mich, sie zu ignorieren. Obwohl die Versuchung groß war, Luanna in Schutz zu nehmen, gab es im Augenblick Dringenderes zu tun.

So vorsichtig wie möglich schlang ich ein Ende des Seils um Masshas Hüfte. Diese Aktion brauchte mehrere Anläufe und kostete mich sehr viel mehr Seil als mir lieb war, doch endlich gelang es mir, das herabhängende Ende zu packen und sicher zu verknoten.

»Was soll denn das, Heißmatz?« fragte Massha gelassen. Sie war die einzige in unserer Gruppe, die während des ganzen Unternehmens die Ruhe bewahrt hatte.

»Nun, mit etwas Glück werden wir gleich mit dem Abstieg beginnen ... zusammen mit Aahz«, erklärte ich. »Ich weiß zwar, daß du kräftig bist, aber ich glaube nicht, daß deine Hände stark genug sind, um uns unterwegs alle drei gleichzeitig festzuhalten. Das hier soll nur sicherstellen, daß wir niemanden verlieren, *nachdem* wir die Zelle hinter uns gelassen haben.«

»Apropos«, rief Aahz mir zu. »Ich warte immer noch darauf, daß du endlich die Güte hast, mir mitzuteilen, wie du mich aus diesem Ding hier rausholen willst. Man könnte beinahe sagen, daß ich mein Leben darum gäbe, es zu erfahren.«

Da war er nicht der einzige. Der Drachenkopf beobachtete jede meiner Bewegungen mit zusammengekniffenen Augen. Ich war mir zwar nicht sicher, wieviel Stolz und Pflichtbewußtsein er in seine Aufgabe investierte, aber es war offensichtlich, daß das Vieh uns nicht gerade durch Kooperationsbereitschaft unterstützen würde.

Alles war so weit vorbereitet, und ich beschloß, meine Trumpfkarte auszuspielen.

»Eigentlich ist es nichts Besonderes«, sagte ich lächelnd zu meinem Partner. »Sprich einfach nur mit mir.«

Es kommt nicht oft vor, daß ich meinen alten Ausbilder völlig überrumple ... Zwar kann ich ihn einigermaßen regelmäßig auf die Palme bringen, aber totale Verblüffung ist ziemlich selten. Dies war eine jener solchen Gelegenheiten.

»WAS soll ich?« schrie Aahz laut.

»Vertrau mir, Aahz«, beharrte ich. »Ich weiß schon, was ich tue. Sprich einfach nur mit mir. Erzähl mir eine Geschichte. Wie hast du Garkin kennengelernt?«

»Ach, das!« sagte er und rollte vielsagend mit den Augen. »Na ja, wir waren auf derselben langweiligen Cocktailparty, weißt du ... du weißt schon, eine von diesen gräßlichen Veranstaltungen, bei denen die Masse einen gegen die Wand drückt und man sich mit irgend jemandem unterhalten muß, den es gegen einen gespült hat, nicht wahr? Jedenfalls war er gerade dabei, so ein kleines Hühnchen mit seiner Magik zu beeindrucken, die einen damals allerdings nicht gerade vom Hocker riß ... ich will dir was sagen, Partner – wenn du jemals deprimiert sein solltest, weil du im Magikgeschäft keine Fortschritte machst, dann erinnere mich mal daran, daß ich dir erzähle, wie dein alter Lehrer Garkin war, als ich ihn kennenlernte. Na ja, aus Respekt gegenüber der Kunst mußte ich einfach rübergehen und ihnen zeigen, wie *echte* Magik aussieht ... nicht daß ich selbst mich für die Ziege interessiert hätte, nein, nein ...«

Ich spürte, wie Guido an meinem Hosenbein zerrte.

»Sag mal, Boß«, klagte er, »was soll denn das? Ich dachte, wir hätten es eilig?«

»Dafür haben wir Zeit«, flüsterte ich zurück.

»*Wofür?*« grollte er. »Boß, wenn wir uns nicht bald an die Arbeit machen ...«

»Wir sind bereits an der Arbeit«, antwortete ich. »Und nun achte auf das, was er erzählt.«

Ich hatte schon befürchtet, daß unsere Zwischenbemerkungen Aahz ablenken könnten, doch da hätte ich mir keine Sorgen zu machen brauchen. Wie immer, wenn er eine Sprechrolle übernehmen konnte, war mein Partner auch diesmal nicht so leicht zu bremsen ...

»... da waren wir nun, nur wir drei allerdings, und du darfst nicht vergessen, daß unsere Kleider in diesem Augenblick fünf Stockwerke von uns entfernt waren ...«

»Was geht hier vor, Heißmatz?« zischte Massha mir zu. »Ich weiß doch genau, daß du diese Geschichte schon mal gehört hast. Herrje, ich hab sie ja selbst schon viermal zu hören bekommen!«

»Behalt den Drachen im Auge«, riet ich ihr. »Und mach dich darauf gefaßt, schnell zu reagieren.«

Ich war damit beschäftigt, Aahz' Geschichte zu kommentieren und die ungeduldigen Fragen meiner Gehilfen so gut es ging abzuwimmeln, aber meine wirkliche Aufmerksamkeit galt dem Drachenkopf. Meine Strategie funktionierte bereits. Aahz' monotone Schilderung vergangener Triumphe zeigten schon erste Wirkungen.

Die Augen des Drachen wurden ganz eindeutig glasig.

»... natürlich *mußte* ich sie nach der ganzen Geschichte einfach mit nach Hause nehmen. Das war doch wirklich das Mindeste, was ich für das arme Ding unter diesen Umständen tun konnte.«

Aahz erreichte bereits das Ende seiner Geschichte! Ich mußte ihn noch eine kleine Weile in Fahrt halten.

»War das die Party, auf der du Tanda kennengelernt hast?« fragte ich und gab ihm damit ein neues Stichwort.

»Tanda? Nein. Das ist eine völlig andere Geschichte. Die habe ich bei einer Halsabschneidepartie Drachenpoker drüben beim Giek kennengelernt. Wir hatten einen richtigen Blödmann in der Mangel, so einen Typ, der doch glatt einen kaputten Leichendreier zu einem Einhornflush hochreizt und dann sehen will, verstehst du? Na ja, damals war bei mir gerade ein bißchen Ebbe in der Kasse, also ...«

Guido wurde schon wieder unruhig.

»Boß, wie lange müssen wir noch ...«

»Nicht mehr lange«, schnitt ich ihm das Wort ab. »Halt das Seil fest. Wir hauen gleich ab.«

»... nun hatte ich gerade eine Hexenflöte ... oder waren es Elfen? Nein, Hexen. Das weiß ich noch, weil Tanda nämlich die ganzen Elfen eingesackt hatte. Natürlich wußten wir das in dem Moment noch nicht, erst am Ende der Runde. Jedenfalls hat der Giek kaum eröffnet, da drückte ich ihn bis ans Limit, und Tanda ...«

Das war's. Ich hätte es gleich wissen müssen, daß eine ziemlich detaillierte Beschreibung einer Partie Drachenpoker die Sache schon schaukeln würde.

Ohne jede Vorwarnung begann der Drache zu gähnen ... lang und breit.

Aahz brach seine Erzählung ab – an sich schon eine unerhörte Begebenheit! – und blinzelte erstaunt.

»Schnell, Aahz! Spring!«

So verblüfft er auch war, an den Reflexen meines Partners war nichts auszusetzen. Blitzartig schoß er aus dem Drachenmaul und hechtete durch die Luft, während er gleichzeitig nach dem Seil griff.

Sobald sich sein Griff um unser Rettungsseil schloß, geschahen mehrere Dinge auf einmal.

Durch das zusätzliche Gewicht, das nun an Masshas Levitationsgürtel zerrte, sank unsere Formation mit beunruhigender Geschwindigkeit in die Tiefe ... mein Lehrling verlor mich aus seinem Griff, was mir einige kleinere Schürfwunden eintrug, als ich wie wild nach dem Seil griff, fast zu spät, um dem Rat Folge zu leisten, den ich den anderen so großzügig immer wieder erteilt hatte ... und der Drache schloß sein Maul.

Ich blickte ihn noch einmal ganz kurz an, bevor wir außer Sichtweite sanken, und ich glaube ehrlich, daß er nicht einmal bemerkt hatte, daß wir fort waren. Seine Augenlider waren auf Halbmast, und die Augen selbst schielten vor Langeweile. Aahz' Geschichten neigen dazu, selbst auf weniger intelligente Wesen eine derartige Wirkung zu haben. Ich hatte dieses Phänomen lediglich einer praktischen Verwendung zugeführt.

»Ich muß die Steuerung verändern, Heißmatz!« rief Massha, was mir unsere gegenwärtige Situation wieder ins Bewußtsein rief.

Mit furchterregender Geschwindigkeit jagten wir auf den Boden zu.

Mir fielen die defekten Steuerungselemente wieder ein, von deren Gnade unser Leben abhing.

»Nein! Warte, Massha! Ich will versuchen ...«

Unter Aufbietung meiner allerletzten Kraftreserven versuchte ich, unsere gesamte Mannschaft zu levitieren. Unter gewöhnlichen Umständen konnte ich drei

Leute ohne jede Anstrengung levitieren und vier oder fünf auch noch ziemlich mühelos. Hier in der Dimension Vorhölle gelang es mir gerade, unseren Sturz soweit abzubremsen, daß wir halbwegs langsam in die Tiefe glitten.

»Was war denn das da oben, Partner?« rief Aahz mir zu. »Woher hast du gewußt, daß das Ding gähnen würde?«

»Sagen wir, ich habe es erraten«, grunzte ich, immer noch damit beschäftigt, uns vor dem Absturz zu bewahren. »Ich erklär's dir später.«

»Paß auf, wo wir aufsetzen!« warnte Guido.

Ich riskierte einen Blick nach unten.

Unsere Operation hatte länger gedauert, als ich erwartet hatte. Der Gehsteig unter uns war überfüllt mit Vampiren, die hin und her schlenderten, als Bluts legendäres Nachtleben in Aktion trat.

»Ich glaube kaum, daß wir uns da durchbluffen können«, bemerkte Aahz ruhig. »Kannst du uns vielleicht irgendwie um die Ecke in die Seitenstraße da steuern? Da scheinen weniger Leute rumzulaufen.«

Bevor ich etwas erwidern konnte, jagte ein Wesen mit ledrigen Flügeln an uns vorbei.

»GEFANGENENAUSBRUCH!« schrie das Ding und schoß um die Ecke. »Der Mörder ist frei! GEFANGENENAUSBRUCH!«

XIII

»Hab noch nie so viele verdammte Indianer auf einen Haufen gesehen!«

Gen. A. Custer

Das Alarmgeschrei hatte eine interessante Wirkung auf die Menge unter uns: Nachdem sie kurz emporgeblickt und gesehen hatten, daß wir im Begriff waren, in ihre Mitte hinabzuschweben, machten sämtliche Vampire wie auf Befehl abrupt kehrt und rannten davon. Sekunden später war die Straße wie leergefegt.

»Was ist denn da los?« rief ich Aahz zu. Ich wagte es nicht, unser Glück zu fassen.

»Keine Ahnung!« brüllte mein Partner zurück. »Schätze, die Normalbürger hier wollen nichts mit einem entflohenen Mörder zu tun haben. Wir sollten lieber schleunigst abhauen, bevor sie dahinterkommen, daß wir so ziemlich in der Minderheit sind.«

Das brauchte mir niemand zweimal zu sagen. Unsere Flucht stand zwar, wie das jüngste Ereignis gezeigt hatte, unter einem ganz passablen Stern, aber ich wollte lieber nicht ausprobieren, wie lange diese Glückssträhne anhalten würde. Ich nahm meinen magischen Bremsschub zurück, und wir schwebten rasch auf das Straßenpflaster zu.

»Was war denn das für ein Wesen, das uns da gerade verpfiffen hat?« fragte Massha und spähte in die Dunkelheit, in die unser mysteriöser Saboteur gerade entschwunden war.

»Ich glaube, das war dieser Vic«, antwortete Guido unter mir. »Als er bei den Kläffern an mir vorbeigezischt ist, habe ich ihn mir gründlich anschauen können.«

»Wirklich?« fragte ich, halb zu mir selbst, und drehte mich herum, um dem verschwundenen Übeltäter hinterherzusehen. »Noch so ein Gefallen, für den wir uns revanchieren sollten.«

»Später!« befahl Aahz und setzte endlich unten auf. »Im Augenblick müssen wir vor allem erst mal hier rauskommen.«

Eine Sekunde später stand Guido neben ihm. Ich selbst mußte ein Stück in die Tiefe springen, weil wir durch den mangelnden Ballast nun nicht mehr an Höhe verloren.

»Spring schon, Massha!« rief ich. »Stell den Saft ab. Ist nicht sehr tief.«

»Das versuche ich doch schon die ganze Zeit!« knurrte sie und fummelte dabei an ihrer Gürtelschnalle. »Das verdammte Ding funktioniert mal wieder nicht!«

Die Gürteleinstellung hatte sich verändert. Da ich das Seil in der Hand hielt, merkte ich, daß es keinen Auftrieb mehr hatte. Doch leider verlor Massha auch nicht an Höhe. Statt dessen schwebte sie in ungefähr fünfzehn Fuß Höhe in der Luft.

»He, Boß! Wir kriegen Gesellschaft!«

Ich folgte dem Blick meines Leibwächters. Zu unserer Linken rottete sich gerade eine Meute zusammen, und sie sah nicht eben freundlich aus. Natürlich ließ sich das nur schwer genauer feststellen, aber ich gewann den untrüglichen Eindruck, daß ihre Augen roter glühten als sonst, und ich schaffte es einfach nicht, mich davon zu überzeugen, daß dies ein gutes Zeichen sei.

»Maaassssshhhhaaa!« nörgelte ich, und meine Stimme wurde unkontrollierbar laut, als ich an dem Seil zerrte.

»Es klemmt!« jammerte sie. »Geh schon, mach dich aus dem Staub, Heißmatz. Hat doch keinen Sinn, daß sie uns gleich alle auf einmal erwischen.«

»Wir können dich doch nicht einfach hier zurücklassen!« widersprach ich.

»Für Diskussionen ist jetzt keine Zeit«, knurrte Aahz. »Guido! Geh vor uns her und mach uns den Weg frei. Wir können es uns nicht erlauben, voneinander getrennt zu werden. Also gut, los jetzt!«

Damit riß er mir das Seil aus der Hand und setzte sich in Bewegung, die Straße entlang, von der Menge fort, während Guido unsere Vorhut bildete und Massha über Aahz' Kopf schwebte wie ein bunter Ballon. Ausnahmsweise hatte ich nichts dagegen, daß er meinem Leibwächter Befehle erteilte. Ich war nämlich viel zu sehr damit beschäftigt, hinter meiner Gruppe herzusprinten.

Wenn der uns beobachtende Mob irgendwelche Schwierigkeiten gehabt haben sollte, sich zu entscheiden, was er tun sollte, so wurde dieses Problem durch unsere Flucht schnell gelöst. Mit Geheul stürmte die Meute die Straße entlang hinter uns her.

Wenn ich sage »mit Geheul«, so ist das keineswegs nur bildlich gemeint: Im Laufen verwandelten sich einige der Vampire in große, blutrünstig aussehende Hunde, andere in Fledermäuse, vermutlich um sich während der Verfolgung schneller fortbewegen zu können. Obwohl Aahz und ich schon öfter von einem Mob verfolgt worden waren, war dies das erste Verfolgerrudel, das uns bellend auf den Fersen war. Ich muß gestehen, daß ich auf dieses Erlebnis getrost hätte verzichten können.

»Wohin laufen wir, Aahz?« keuchte ich.

»Weg von ihnen!« rief ich zurück.

»Ich meine, später«, hakte ich nach. »Zu unserem Versteck geht es in die andere Richtung.«

»Wir können erst untertauchen, wenn wir unseren Fanclub abgeschüttelt haben«, beharrte mein Partner. »Und nun halt die Klappe und renn!«

Ich hegte zwar gewisse Zweifel, daß es uns wirklich gelingen würde, unsere Verfolger abzuhängen während Massha über unseren Köpfen schwebte und damit jederzeit unsere Position verriet, aber ich befolgte Aahz' Rat und rannte den Gehsteig entlang, was das Zeug hielt. Denn wenn ich Aahz auf diese offensichtliche Tatsache aufmerksam machte, würde er möglicherweise einfach das Seil fahrenlassen, um Massha ihrem eigenen Schicksal zu überlassen. Und die einzige Alternative zum Davonlaufen hätte darin bestanden, stehenzubleiben und sich dem Mob zu stellen. Alles in allem fand ich, daß das Davonlaufen bei weitem die *bessere* Idee war.

Guido machte uns erstaunlich gut den Weg frei. Ich hatte meinen Leibwächter noch nie wirklich in Aktion erlebt, aber sein ständiges Gejammer und seine Allergieprobleme während unseres jetzigen Abenteuers hatten dazu geführt, daß ich seine Nützlichkeit schon fast völlig in Frage gestellt hatte. Doch weit gefehlt.

Die Vampire, denen wir auf der Flucht begegneten, hatten die Alarmrufe noch nicht vernommen und waren auf den Taifun, der plötzlich unter ihnen wütete, natürlich nicht vorbereitet. Guido schien nicht einmal anzuhalten, während er in ein Opfer nach dem anderen hineindonnerte, doch was immer er auch mit ihnen anstellen mochte, auf jeden Fall verfehlte es seine Wirkung nicht. Niemand von den zu Boden Gestürzten versuchte, Aahz oder mir Schwierigkeiten zu machen ... ja sie bewegten sich nicht einmal mehr.

»Fluß ahoi, Boß!« rief er uns über die Schulter zu.

»Wie bitte?« schnaufte ich und merkte zum ersten Mal, wie viel ich während meines luxuriösen Aufenthalts im Bazar an Kondition eingebüßt hatte.

»Ein Fluß!« wiederholte er. »Die Straße, auf der wir sind, endet ein paar Blocks weiter direkt am Fluß. Ich kann's von hier aus erkennen. Wir müssen die Richtung wechseln, sonst drängt man uns am Ufer zusammen.«

Ich fragte mich, ob es nicht vielleicht eine gute Idee wäre, einfach in den Fluß zu springen und etwas Wasser zwischen uns und die Vampire zu bringen, da ich mich entfernt an eine Legende erinnern konnte, derzufolge so etwas Vampire aufhalten sollte. Doch dann fiel mir ein, daß mein Leibwächter wahrscheinlich nicht schwimmen konnte.

»Nach rechts!« schrie Aahz. »Dorthin! In die Seitenstraße!«

Guido schoß in die befohlene Richtung davon, während mein Partner und ich in etwa fünfzehn Fuß Abstand hinter ihm her hetzten. Wir hatten einen kleinen Vorsprung vor unseren Verfolgern, obwohl wir immer noch ungefähr einen Block hinter uns ihr Geschrei und Gekläff hören konnten, und zum ersten Mal seit unserem Start hegte ich die Hoffnung, daß wir sie vielleicht doch noch abhängen würden. jetzt, da wir außer Sichtweite waren ...

»Vorsicht ...«

Ein plötzlicher Schrei von oben – da krachte Massha auch schon auf den Boden und gelangte somit zu dem zweifelhaften Ruhm, die erste Person zu sein, die vor meinen Augen auf dem Trockenen einen Bauchplatscher machte. Ich bin mir zwar sicher, daß der Boden nicht wirklich zu beben begann, aber der Aufprall war heftig genug, um diesen Eindruck zu erwecken. Plötzlich schoß mir ein Schuldgefühl durchs Bewußtsein, weil ich nicht etwa als erstes an das Wohl meines Lehrlings gedacht hatte, sondern ganz ungeniert heilfroh darüber gewesen war, daß sie nicht auf einem von uns gelandet war.

»Ich glaube, die Steuerungselemente haben sich wieder gelöst«, sagte Aahz überflüssigerweise.

»Bist du in Ordnung, Massha?« fragte ich und kniete neben ihr nieder.

»Wa – ha ...«, lautete die recht gezwungene Antwort.

»Natürlich ist sie nicht in Ordnung!« fauchte Aahz und riß die Pflichten eines Dolmetschers an sich. »Wenn's weiter nichts sein sollte, so hat es ihr auf jeden Fall die Sprache verschlagen.«

Wie schlimm sie sich auch tatsächlich verletzt haben mochte – Massha machte jedenfalls nicht einmal den Versuch, wieder aufzustehen. Ich hätte ihr ja gerne ein paar Minuten Erholungspause gegönnt, aber schon wurde der Lärm unserer Verfolger immer lauter.

»Kannst du sie tragen, Aahz?«

»Nicht mal wenn ich in Topform wäre«, gestand mein Partner und musterte Masshas gewaltige Fleischmassen. »Und du? Hast du genug Saft übrig, um sie zu levitieren?«

Ich schüttelte energisch den Kopf.

»Hab alles während unseres Schwebemanövers vor dem Gefängnis aufgebraucht.«

»He, Boß!« zischte Guido und trat hinter uns aus dem Schatten. »Die Seitenstraße ist blockiert. Das hier ist der einzige Ausgang.«

Das war's. Selbst wenn wir Massha wieder auf die Beine bekommen sollten, würde das bedeuten, daß wir wieder umkehren mußten, direkt in die Höhle des Löwen. Nun hatten wir unser Rennen hinter uns ... und würden es auf ziemlich spektakuläre Weise verlieren.

Die anderen wußten das auch.

»Na ja, war nett, mit dir zusammenzuarbeiten, Guido«, seufzte Aahz. »Ich weiß ja, daß ich dir manchesmal auf die Füße getreten bin, aber wenn's brenzlig wird, bist du ein guter Mann in der Truppe. Hast wirklich saubere Straßenarbeit geleistet, uns den Weg bis hierher freizuhauen. Tut mir leid, die Sache mit der letzten Richtungsanweisung.«

»Macht nichts«, meinte mein Leibwächter achselzuckend. »Hast eben versucht, was du konntest. Wenn ich allein operiert hätte, hätte ich auch diese Seitenstraße genommen. Boß, ich hab dich ja gewarnt, daß ich ein ziemlicher Stümper bin, was Gefangenenbefreiungen angeht. Ich muß allerdings zugeben, daß ich eine Weile geglaubt habe, wir würden es schaffen.«

»Es war so oder so eine ziemlich brenzlige Sache.« Ich grinste. »Wenigstens kannst du diesmal nicht behaupten, daß die Aktion an einem Übermaß an Planung gescheitert ist.«

Aahz schlug mir auf die Schulter.

»Nun, Partner?« fragte er. »Irgendwelche Ideen, wie wir dieses Blatt spielen sollen? Versuchen wir, friedlich aufzugeben, oder gehen wir kämpfend unter?«

Ich bezweifelte, daß die Menge uns die Wahl lassen

würde. Die Verfolger hatten die Seitenstraße schon fast erreicht und hörten sich nicht so an, als hätten sie viel für Gespräche übrig.

»NICHT DA LANG! SIE LAUFEN ZUM GEFÄNGNIS ZURÜCK!«

Dieser unerwartete Ruf erscholl von der Hauptstraße ganz in unserer Nähe.

Ich konnte es zwar nicht fassen, aber der Mob glaubte es anscheinend. Man hörte Flüche und laute Befehle, aber da sie sehr schnell immer leiser wurden, war es offensichtlich, daß die Menge kehrt gemacht hatte und nun denselben Weg zurücklief, den sie gekommen war.

»Was war das?« brachte Massha hervor. Endlich gehorchte ihr ihre Stimme wieder.

Ich bedeutete ihr, still zu sein und blickte Aahz mit hochgezogener Augenbraue an, um ihm stumm dieselbe Frage zu stellen.

Er antwortete mit einem ebenso stummen Kopfschütteln.

Keiner von uns wußte genau, was hier vor sich ging, aber wir hatten beide das sichere Gefühl, daß diese willkommene Einmischung weder ein Zufall noch ein Versehen sein konnte. Irgend jemand hatte uns voller Absicht die Meute vom Hals geschafft. Doch bevor wir auf unser Glück anstoßen konnten, wollten wir erst noch wissen, wer das getan hatte und warum.

Da erschienen zwei Gestalten in der Straßenmündung.

»Ihr könnt rauskommen«, rief uns die eine von beiden zu. »Tut uns leid, daß wir uns eingemischt haben, aber die Sache sah so spaßig aus, da *mußten* wir einfach mitspielen.«

Diese Stimme hätte ich überall wiedererkannt,

selbst wenn ich die Gestalt und die unverkennbare Figur ihres Bruders nicht gesehen hätte.

»Tanda! Chumly!« schrie ich und winkte ihnen zu, um unsere Position bekanntzugeben. »Ich hatte mich schon gefragt, wann ihr endlich auftauchen würdet!«

Das Troll-Geschwisterpaar eilte herbei. So locker sie auch zu necken verstanden, kenne ich doch niemanden, den ich in Zeiten der Gefahr lieber an meiner Seite wissen würde.

»Bist du in Ordnung?« fragte Tanda und beugte sich vor, um Massha auf die Beine zu helfen.

»Ich hatte ja noch nie sonderlich viel Würde«, erwiderte mein Lehrling, »und das bißchen, das vorhanden war, ist jetzt auch zum Teufel. Abgesehen davon geht's mir gut. Langsam begreife ich, weshalb ihr großen Nummern was gegen technische Magik habt.«

Chumly ergriff meine Hand und preßte sie herzlich.

»Nun sei mal nicht so herb zu deinen kleinen Geräten, Mädchen«, meinte er. »Dieser Ring, den du uns zurückgelassen hast, war genau die Fahrkarte, die wir brauchten, um rechtzeitig bei der neuesten unserer ununterbrochenen Reihe von haarscharfen Fluchtaktionen aufzutauchen. Bis auf den üblichen Mist beim Endspiel, den ihr gebaut habt, sieht es so aus, als wärt ihr auch ganz gut ohne uns ausgekommen. Es sind alle anwesend, einschließlich Aahz, der erstaunlich gut aussieht, so kurz nach einer intimen Begegnung mit der Katastrophe. Mir scheint, was jetzt noch fehlt, ist ein schneller Rückzug und eine langsame Feier ... wie?«

»Das trifft den Nagel so ziemlich auf den Kopf«, stimmte ich ihm zu. »Ist aber wirklich wunderbar, daß ihr bei unserem Abgang dabei seid. Apropos, könnt ihr das Schloß von hier aus wiederfinden? Ich bin ein bißchen durcheinander ...«

»Einen Moment mal!« unterbrach Aahz mich. »Bevor wir uns damit aufhalten, einander stundenlang zu gratulieren – haben wir da nicht noch ein paar Kleinigkeiten übersehen?«

Die Mitglieder der Gruppe sahen sich an.

»Was denn, zum Beispiel?« fragte Tanda schließlich.

»Zum Beispiel die Tatsache, daß ich immer noch wegen Mordes gesucht werde«, bellte mein Partner. »Und dann sind da noch die drei Flüchtlinge, die wir wieder nach Tauf zurückbringen sollen.«

»Ach, komm schon, Aahz!« tadelte der Troll und knuffte ihn spielerisch in die Rippen. »Bei dem Ruf, den su sowieso schon hast? Was macht dir denn da noch ein kleiner Mordsteckbrief aus?«

»Ich war es nicht«, erwiederte Aahz störrisch. »Ich habe diesen Vic nicht nur nicht umgebracht, den hat keiner umgebracht. Der läuft immer noch irgendwo rum und lacht sich über uns ins Fäustchen. Ich gebe ja gerne zu, daß mein Ruf nicht eben makellos ist, aber daß ich mir so eine Bauerntölpelnummer gefallen lasse, gehört nicht dazu ... oder daß mich jemand zum Narren halten könnte!«

»Natürlich hat das Geld, das du für die Schulden der Gauner zuzüglich der Strafen berappen müßtest, nicht das mindeste damit zu tun, wie, Aahz?« meinte Chumly und zwinkerte mit dem größeren seiner ungleichen Augen.

»Na ja, schon ...«, gab mein Partner zu. »Ist es nicht schön, wenn wir gleich zwei unangenehme Sachen auf einmal erledigen können?«

»Vielleicht könnten wir uns ja darauf einigen, daß

wir uns nur diesen Vic kaufen und die anderen laufen lassen«, murmelte ich.

»Was war das, Partner?«

»Och, nichts, Aahz«, seufzte ich. »Es ist nur, daß ... nichts weiter. Kommt schon, Leute. Wenn wir auf die Jagd gehen wollen, müssen wir das ein bißchen planen, und ich finde, wir sollten das nicht hier im Freien tun.«

XIV

»Ganz ruhig, Julia. Es tut bestimmt nicht weh.«

Romeo

Zum Glück hatte Masshas erhabene Lage während unserer Flucht ihr einen ausgezeichneten Überblick über unsere Umgebung verschafft, so daß wir uns zum Verschicker zurückschleichen konnten, ohne von der aufgebrachten Menge bemerkt zu werden. Nun, da die Stärke unserer Truppe angewachsen war, fiel Vilhelms Begrüßung schon merklich kühler aus.

»Langsam fange ich an, zu glauben, was alle erzählen«, klagte der kleine Vampir. »Sobald man einen einzigen Dämon einläßt, wimmelt es binnen kürzester Zeit nur so von ihnen. Als ich mich dazu entschieden habe, euch aufzunehmen anstatt euch zu verpfeifen, hatte ich allerdings nicht vor, mein Büro zu einem Treffpunkt für Außenweltler zu machen.«

»Ach, komm schon, Vilhelm«, sagte ich und versuchte, einen Fuß in die Tür zu stellen. »Wir können doch sonst nirgendwohin in der Stadt. *So viele* sind wir nun auch wieder nicht.«

»Wir können ja auch einfach draußen auf der Straße warten, bis die Ordnungskräfte vorbeikommen«, meinte Aahz. »Ich glaube, es würde keiner besonders großen Überredungskünste bedürfen, um sie davon zu überzeugen, daß der Typ hier entflohenen Strafgefangenen Unterschlupf gewährt.«

»Hör auf, Grünschuppe«, befahl Massha und blies sich dabei zu doppeltem Leibesumfang auf. »Vilhelm war bisher immer sehr nett zu uns, und ich werde es nicht zulassen, daß ihm irgend jemand droht, nicht einmal du. Vergiß bloß nicht, daß du dir immer noch im Turm den Hintern abfrieren würdest, wenn er nicht gewesen wäre. Entweder hilft er uns freiwillig ohne Druck, oder wir suchen uns was anderes.«

Aahz wich vor ihrem heiligen Zorn zurück.

»Läßt du das zu, daß dein Lehrling in diesem Ton mit mir spricht?« fuhr er mich an.

»Nur, wenn sie recht hat«, meinte ich achselzukkend.

»Sag mal, Aahz«, mischte sich Chumly ein. »Könntest du dein übles Benehmen vielleicht mal für ein paar Minuten auf Eis legen? Wir brauchen uns in dieser Dimension wirklich nicht noch einen Feind anzulachen, und was mich angeht, so würde ich diesem Herrn lieber erst meinen Dank sagen, bevor er uns rausschmeißt.«

Wenn er im Dienst ist, trägt Chumly den Namen Großer Mampf und zieht eine Neanderthalernummer ab, um die ihn die meisten Barbaren im Bazar beneiden. In seiner Freizeit jedoch hat uns sein Charme schon aus mancher Klemme geholfen ... aus beinahe ebenso vielen Klemmen, wie sie uns Aahz' Gepolter eingetragen hatte.

»Na schön, kommt schon rein«, grollte der Verschicker. »Aus freien Stücken, ohne Zwang und so weiter. Hab noch nie jemanden im Stich lassen können, der in Schwierigkeiten steckte. Schätze, das ist auch der Grund, weshalb ich selbst nie in andere

Dimensionen gereist bin. Die würden mir dort bei lebendigem Leib das Felld über die Ohren ziehen.«

»Danke, Vilhelm«, sagte ich und schlüpfte an ihm vorbei ins Büro, bevor er es sich anders überlegen konnte. »Du mußt meinen Partner entschuldigen. Er ist wirklich nicht immer so. Aber als Todeskandidat ist ihm der Sinn für Humor ein wenig abhanden gekommen.«

»Ich bin wohl selbst ein bißchen gereizt und nervös«, gestand der Vampir. »So merkwürdig es klingen mag, aber ich habe mir Sorgen um euch gemacht ... und diese Stromlippe von eurem Freund, der mir in der Zwischenzeit Gesellschaft geleistet hat, war auch keine große Hilfe.«

Ich zählte schnell unsere Truppe durch.

»Einen Moment mal«, meinte ich stirnrunzelnd. »Wer hat hier auf uns gewartet?«

Nun war Vilhelm an der Reihe, erstaunt dreinzublicken.

»Hat nicht einer von euch nach einem Werwolf geschickt? Er sagte, er gehöre zu euch.«

»Aaah! Aber das tue isch ja auch! Meine Freunde, sie kennen misch zwar bis'er noch nischt, aber isch wärde ihre Rettung sein, nein?«

Damit stürzte sich ein zottiger Bettvorleger auf mich. Na ja, wenigstens hielt ich ihn dafür, als er sich vom Boden erhob und in meine Arme warf, mit der Begeisterung eines Welpen ... eines äußerst großen Welpen.

»Was ist denn *das?!*« rief Aahz, und seine Augen verengten sich gefährlich. »Skeeve, kann ich dich denn nicht mal ein paar Tage allein lassen, ohne daß du sämtliche Straßenköter der jeweiligen Dimension anschleppst?«

»Das« war einer der struppigsten Werwölfe, den

ich je gesehen hatte ... wobei mir natürlich klar war, daß ich bisher erst zwei kennengelernt hatte. Dieser hatte dunkle buschige Augenbrauen (wenn man so etwas bei einem Werwolf für möglich hält) und trug eine weiße Schlägermütze, die an der Seite mit einem Ahornblatt verziert war. Seine Barthaare waren sorgfältig zu einem Kaiser-Wilhelm-Bart zurechtgestutzt, und von seinem Kinn hing ein Gebilde herab, das durchaus als Ziegenbart bezeichnet werden konnte. Wenn man ihn so Stück für Stück betrachtete, wirkte er eigentlich sehr gepflegt. Nur der Gesamteindruck war reichlich struppig. Vielleicht war es sein Schielen ...

»Ehrlich, Aahz!« protestierte ich und versuchte, mich zu befreien. »Ich habe ihn noch nie im Leben gesehen!«

»Oh, abärr isch bitte um Verzei'ung!« mischte sich das Vieh ein und ließ mich los, so daß ich beinahe zu Boden gestürzt wäre.

»Isch bin ja so dumm, isch vergesse misch vorzustellen! So! Isch bin ein extraordinärer Künstler, aber isch bin auch därr beste Fährtenlesär im ganzen Land. Meine Freunde, die Kläffer, sie 'aben mir erzählt von eurem Pro-blemm und isch bin 'erbeigeeilt wie därr Wind, um eusch zu 'elfen, nein? Isch bin Pepe Le Garou und stehe eusch zu Dienstänn!«

Bei diesen Worten vollführte er einen Kratzfuß, dem ich glatt, wäre ich nicht so verblüfft gewesen, applaudiert hätte. Nun begriff ich, warum die Kläffer gekichert hatten als sie uns mitteilten, daß sie jemanden kennen würden, der uns helfen könnte.

»Boß«, sagte Guido mit erstickter Stimme, die Hand über Mund und Nase gelegt. »Kann ich draußen warten?«

Tanda blickte ihn mit hochgezogener Augenbraue an.

»Allergieprobleme? Hier, versuch's mal damit. Das sollte eigentlich im Gepäck keines Dimensionsreisenden fehlen.«

Sie holte ein kleines Fläschchen hervor und warf es meinem Leibwächter zu. »Schmier dir was davon auf die Oberlippe, direkt unter die Nase.«

»He, danke schön!« sagte Guido erleichtert und leistete ihren Anweisungen Folge. »Was ist denn das?«

»Eine Anti-Allergiekrem.« Sie zuckte die Schultern. »Auf Knoblauchbasis, glaube ich.«

»WAS?« schrie mein Leibwächter und ließ die Flasche fallen.

Tanda schenkte ihm eines ihrer verschmitzten Grinsen.

»War doch nur Spaß. Nunzio hat sich Sorgen um dich gemacht und uns deine Allergien aufgezählt ... und zwar alle.«

Ihr Bruder klopfte ihr leicht auf den Hintern.

»Asche auf dein Haupt, kleine Schwester!« sagte er und mußte dennoch lächeln. »Wenn du damit fertig bist, dich bei Guido zu entschuldigen, solltest du bei unserem Gastgeber vielleicht dasselbe tun. Ich fürchte, mit deiner letzten Bemerkung hast du ihn fast an den Rand des Herzinfarkts gebracht.«

Das war natürlich genau das, was ich jetzt brauchte, so ganz allein gelassen in einer fremden Dimension: einen nervösen Vampir, einen melodramatischen Werwolf und Teamkameraden, die der Meinung waren, daß es jetzt an der Zeit wäre, sich gegenseitig Streiche zu spielen!

»Ähhhh ... sagt mir, Monsieur Pepe«, sagte ich, meine anderen Probleme ignorierend und mich dem Werwolf zuwendend. »Meint Ihr, Ihr könntet ...«

»Non, non!« unterbrach er mich. »Es 'eißt nur einfach Pepe. Ah!«

»Pepe«, wiederholte ich gehorsam.

»So ist es rischtig«, strahlte er, offenkundig von meiner Fähigkeit entzückt, einfache Sätze zu lernen. »Nun bevor wir uns ... wie sagt man, ans Geschäft machänn, würdest du mir da die Ehre erteilänn, misch deinänn Kollegänn vorzustellänn?«

»Oh. Entschuldigung«, sagte ich. »Das ist mein Partner Aahz. Er ist ...«

»Aber natürlich! Därr berühmte Aahz! Isch wollte ihn schon immärr mal kennenlernänn.«

Wenn es überhaupt irgend etwas gibt, das Aahz aus der Reserve locken kann, dann Schmeicheleien ... und auf diesem Gebiet schien Pepe ein Experte zu sein.

»Du hast von mir gehört?« blinzelte mein Partner. »Ich meine ... was denn genau? Es waren ja so viele Abenteuer im Laufe der Jahre ...«

»Erinnerst du disch nischt an Piere? Seit isch Welpe war, 'at ärrr mir von deinem Kampf mit Isstvan erzählt.«

»Piere? Du kennst Piere?«

»Ob isch ihn känne? Abärr ärr ist mein Onkle!«

»Kein Scheiß! He, Tanda! Hast du das gehört? Pepe hier ist Pieres Neffe. Na warte, wenn ich das Gus erzähle!« Ich zog mich aus dem Gespräch zurück, nachdem man mich über der Wiedersehensfreude anscheinend völlig vergessen hatte.

»Sag mal, Skeeve«, sagte Vilhelm und tauchte plötzlich neben mir auf. »Das sieht mir ganz danach aus, als könnte es länger dauern. Soll ich den Wein holen?«

Das ließ mich aufhorchen.

»Wein? Du hast Wein da?«

»Hab welchen gekauft, nachdem ihr hier wart«, gestand der Vampir grinsend. »Dachte mir, er könnte ganz nützlich sein, wenn ihr das nächstemal vorbeischaut. Kann ja sein, daß ich ein bißchen rumjammere, aber sich mit euch zu unterhalten macht wesentlich mehr Spaß, als immer nur in die Röhren zu glotzen.«

»Na, dann hol ihn raus ... aber ich kriege das erste Glas! Wenn du nicht gerade wahre Unmengen davon haben solltest, wird nicht viel übrigbleiben, wenn mein Partner ihn erst mal in seinen Klauen hat.«

Ich drehte mich wieder zu den anderen um und konnte gerade noch mitansehen, wie Pepe meinem Lehrling die Hand küßte.

»Fürschte disch nischt, meine kleine Blüme«, sagte er. »'ier 'ast du jemandänn, därr nischt nur deine Schön'eit wahr'aftisch zu schätzen weiß, sondärrn auch ihre ... wie soll isch sagänn? Ihre Quantität?«

»Du bist ja wirklich ganz süß!« kicherte Massha. »Aber ich hab mich eigentlich noch nie besonders für Techtelmechtel mit anderen Gattungen interessiert, wenn du verstehst, was ich meine.«

Ich machte Aahz auf mich aufmerksam und zog ihn von der Gruppe fort.

»Könntest du hier für eine Weile übernehmen, Partner?« fragte ich. »Ich habe die Sache von Anfang an ununterbrochen geleitet und könnte etwas Zeit für mich gebrauchen, um meine Battcrien aufzuladen, bevor wir wieder Dampf machen.«

»Kein Problem«, nickte er und legte mir die Hand auf die Schulter. »Ich glaube nicht, daß wir vor Sonnenaufgang aufbrechen werden ... und, Skeeve? Ich hatte noch keine Gelegenheit, es dir zu sagen, aber danke fürs Raushauen!«

»Keine Ursache.« Ich grinste schwach. »Erzähl mir

bloß nicht, daß du das für mich nicht auch tun würdest.«

»Ich weiß nicht«, versetzte er. »Bisher hast du mir ja noch nie gleich zu Beginn eines Abenteuers von hinten einen über die Rübe gehauen.«

»Na, dann habe ich *das* immerhin noch gut bei dir.«

In diesem Augenblick erschien Vilhelm mit dem Wein, und Aahz hastete davon, um sich wieder der Gruppe anzuschließen.

Es gelang mir, einen Becher Wein zu ergattern, dann zoch ich mich in eine stille Ecke zurück, während die Party langsam in Schwung kam. Pepe schien sich gut in die Mannschaft einzufügen, und wenn es nur als Witzbold und Partyheld war. Irgendwie fühlte ich mich ein bißchen abseits. Ich nippte an meinem Wein, starrte mit unbestimmtem Ziel in die Ferne und ließ meine Gedanken schweifen.

»Was ist denn los, Süßer?«

»Hm? Ach so. Hallo, Tanda. Nichts Besonderes. Bin nur ein bißchen müde, das ist alles.«

»Hast du etwas dagegen, wenn ich mich zu dir setze?« fragte sie und ließ sich auf den Boden plumpsen, bevor ich etwas erwidern konnte. »So. Erzählst du mir jetzt alles? Wer ist sie?«

Ich drehte den Kopf zu ihr um und blickte sie direkt an.

»Wie bitte?«

Sie hielt den Blick abgewandt und ließ einen Finger um den Rand ihres Bechers kreisen.

»Hör mal«, sagte sie, »wenn du nicht darüber sprechen willst, dann sag es ruhig ... es geht mich ja auch eigentlich nichts an. Aber versuch wenigstens nicht, mir oder gar dir selbst vorzumachen, daß nichts los ist. Ich kenne dich schon lange, und meistens merke ich, wenn etwas an dir nagt. Wenn ich die Symptome einigermaßen richtig deute, dann geht es diesmal um ein Mädchen.«

Seit ich Tanda kennengelernt hatte, war ich in sie verliebt gewesen. Doch nun merkte ich, wie sehr ich im Moment jemanden brauchte, mit dem ich mich unterhalten konnte. Ich meine, für Guido und Massha war ich eine Autoritätsperson, und Aahz würde ich mich erst dann offenbaren, wenn ich sicher sein konnte, daß er das Problem ernst nehmen und nicht einfach darüber lachen würde. Und was Chumly betraf ... wie sollte man mit einem Troll über Frauen sprechen?

»Na gut, du hast mich ertappt«, sagte ich und blickte wieder in meinen Weinbecher. »Es ist ein Mädchen.«

»Das dachte ich mir«, lächelte Tanda. »Wo hast du sie denn versteckt? Sag mal, ist sie schön und feinfühlig?«

»All das und noch viel mehr«, nickte ich und nahm einen weiteren Schluck aus dem Becher. »Darüber hinaus ist sie auch noch auf der andere Seite.«

»Oh!« machte Tanda und richtete sich ein Stück auf. »Das solltest du mir wohl besser ausführlich erklären.«

Ich berichtete ihr von meiner Begegnung mit Luanna. Ich versuchte, alles möglichst unvoreingenommen und sachlich darzustellen, aber selbst ich merkte, daß meine Stimme weniger beherrscht klang, als mir lieb war.

Tanda blieb einige Augenblicke schweigend sitzen, nachdem ich geendet hatte, das Kinn auf die Knie gelegt.

»Na«, sagte sie schließlich. »Nach dem, was du da erzählst, war sie bestenfalls eine Mittäterin. Vielleicht können wir sie laufenlassen, wenn wir erst mal alle eingefangen haben.«

»Klar.«

Meine Stimme war ausdruckslos. Tanda und ich wußten beide ganz genau, daß Aahz, wenn er erst einmal wieder auf seinem hohen Roß saß, völlig unberechenbar war, und man nicht vorhersagen konnte, wie barmherzig oder gemein er auf irgend etwas reagieren würde.

»Na ja, eine Chance gibt es schon«, beharrte sie. »Aahz hat schon immer eine Schwäche für dich gehabt. Wenn du dich für sie einsetzt und wenn sie bereit ist, ihren Partnern den Laufpaß zu geben ...«

»Klar, und wenn ein Tisch Flügel hätte, könnten wir auf ihm zurück zum Bazar fliegen.« Ich schnitt eine Grimasse. »Nein, Tanda. Erstens wird sie ihre Partner nicht einfach aufgeben, nur weil sie in einer Klemme stecken. Das weiß ich genau. Und wenn ich sie zwinge, sich zwischen mir und ihnen zu entscheiden, dann könnte ich nie sicher sein, daß sie wirklich mich will, oder ob sie das nur tut, um ihre Haut zu retten.«

Tanda stand auf.

»Nun werd mal nicht so weise, daß es schon wieder dämlich ist, Skeeve«, sagte sie sanft, bevor sie wieder ging. »Vergiß nicht, daß Luanna dich schon zweimal ihren Partnern vorgezogen hat. Beide Male hat sie ihr Leben und ihre Fluchtchancen aufs Spiel gesetzt, um dir eine Warnung zu überbringen. Vielleicht fehlt nur noch eins, was du ihr bisher nicht gemacht hast – das Angebot, ein neues Leben mit einem neuen Partner zu beginnen. Sei nicht so stolz oder so unsicher, daß du eine echte Bewunderin lieber den Wölfen zum Fraß vorwerfen würdest, als das Risiko einzugehen, einen Fehler zu machen. Wenn du das nämlich tätest, würde ich dich, glaube ich, nicht mehr besonders mögen … und ich denke, du dich wohl auch nicht.«

Ich dachte über Tandas Rat nach, als sie gegangen war. Die Sache hatte noch einen weiteren Haken, den zu erwähnen ich einfach nicht fertiggebracht hatte. Egal, wie Luanna für mich empfinden mochte … wie würden sich ihre Gefühle verändern, wenn sie erfuhr, daß ich ihr Tuch dazu verwendet hatte … ihr Pfand der Zuneigung, um damit eine Jagdmeute auf ihre Fährte zu hetzen?

XV

»Jeder braucht einen Manager, wenn er weiterkommen will.«

Lady Macbeth

»Wo bleibt er denn nun?« fragte Aahz bestimmt zum hundertstenmal … in den letzten fünf Minuten.

Die Sonne war schon vor Stunden aufgegangen, zumindest stand sie so hoch am Himmel, wie das in dieser Dimension möglich war. Ob der ständig verhangene Himmel tagsüber das Ergebnis von Magik oder das Produkt eines seltsamen meteorologischen Systems war, blieb mir unklar, doch steuerte dieser Zustand nichts dazu bei, die düstere Atmosphäre zu mildern, die wie ein Leichentuch über der Stadt Blut lag.

Unsere ganze Mannschaft wartete ungeduldig darauf, endlich loslegen zu können, doch Aahz war der einzige, der sich daran ergötzte, seinen Gefühlen derart häufig Luft zu machen … und zwar ziemlich laut. Natürlich war es immerhin auch möglich, daß er soviel Lärm darum machte, um wie immer alle anderen an die Wand zu spielen.

»Immer mit der Ruhe, Partner«, sagte ich besänftigend und strengte mich an, ihn meine Nervosität nicht spüren zu lassen. »So viele Geschäfte gibt es in dieser Dimension eben nicht, die den ganzen Tag über offen haben.«

»Was kann man schon erwarten, wenn man mit einem Haufen Vampire zusammenarbeiten muß!« raunzte er. »Mir gefällt diese Idee immer noch nicht. Irgendwie sind nicht magische Tarnungen unnatürlich, finde ich.«

Ich seufzte innerlich und lehnte mich zurück, die Füße auf einen Stuhl gelegt, um zu warten. Dieser Streit hatte begonnen, kurz nachdem Vilhelm zu seinen Einkäufen aufgebrochen war, und ich war es leid, die Sache immer und immer wieder durchkauen zu müssen.

»Sei doch vernünftig, Aahz«, sagte Tanda und nahm mir damit die Arbeit ab. »Du weißt doch, daß wir nicht einfach so in der Gegend herumspazieren können ... schon gar nicht, da die halbe Stadt nach dir sucht. Wir brauchen nun mal Verkleidungen, und ohne eine anständige Kraftquelle kann Skeeve uns nicht alle auf einmal tarnen. Außerdem hat diese Art der Tarnung nichts mit technischer Magik zu tun. Wir werden überhaupt keine Magik benutzen.«

»Das sagen alle, die ganze Zeit«, knurrte mein Partner. »Wir verändern einfach nur unser Aussehen, ohne dabei irgendwelchen Zauber zu benutzen. Das klingt mir aber verdammt nach technischer Magik. Wißt ihr, wie sehr das unserem Ruf schadet, wenn sich das im Bazar herumspricht? Vor allem seit der größte Teil unserer Konkurrenz nur darauf wartet, den Namen des Großen Skeeve mit Schmutz zu bespritzen? Vergeßt nicht, daß man sich jetzt schon beschwert, daß unsere Preise zu hoch wären, und wenn das hier rauskommen sollte ...«

Da dämmerte es mir. Endlich begriff ich, was an Aahz so nagte. Eigentlich hätte ich mir ja denken können, daß es etwas mit Geld zu tun haben mußte.

»Aber Aahz«, meldete ich mich zu Wort, »unsere

Honorare sind *wirklich* überhöht. Das sage ich schon seit Monaten. Ich meine, es ist ja nicht so, als würden wir das Geld dringend brauchen ...«

»... und ich sage dir schon seit Monaten, daß das die einzige Methode ist, um die Habenichtse davon abzuhalten, dir deine ganze Übungszeit zu stehlen«, schoß er wütend zurück. »Vergiß nicht, daß dein Name ›der Große Skeeve‹ lautet und nicht ›das Rote Kreuz‹. Du bist nicht bei der Wohlfahrt.«

Nun befanden wir uns auf vertrautem Boden. Anders als bei der Tarnungs- und Verkleidungsdebatte war dies ein Thema, dessen ich niemals müde wurde.

»Ich rede nicht von Wohlfahrt«, sagte ich. »Ich spreche davon, für eine Dienstleistung einen fairen Preis zu verlangen.«

»Einen fairen Preis?« mein Partner lachte und rollte mit den Augen. »Meinst du vielleicht so was wie die Abmachung mit diesem ... wie hieß er noch? Hat er dir mal davon erzählt, Tanda? Also paß auf, das war so: Wir fangen für diesen Täufler so einen dämlichen Vogel ein, ja, und mein Partner verlangt dafür ein Pauschalhonorar. Nicht etwa einen Anteil, o nein, eine Pauschale. Und wie hoch ist diese Pauschale? Hundert Goldstücke, vielleicht? Tausend? Nein. ZEHN. Zehn lausige Goldstücke. Und eine halbe Stunde später verkauft der Täufler diesen ›armen kleinen Vogel‹ für über hunderttausend! Ist doch wirklich nett zu wissen, daß wir nicht bei der Wohlfahrt sind, wie?«

»Komm schon, Aahz«, widersprach ich. In meinem Innern wand sich alles. »Das waren bloß fünf Minuten Arbeit. Woher sollte ich denn wissen, daß dieser dämliche Vogel ausgerechnet auf der Liste bedrohter Arten stand? Selbst *du* dachtest, es sei ein gutes

Geschäft gewesen, bis wir später den Endverkaufspreis erfahren haben. Und außerdem – wenn ich einen Gewinnanteil verlangt hätte und der Täufler hätte sich an das Gesetz gehalten und das Ding nie verkauft, dann hätten wir nicht einmal zehn Goldstücke an der Sache verdient.«

»Ich habe die Einzelheiten der Geschichte noch nie von eurer Warte aus gehört«, sagte Tanda, »aber was ich so in den Straßen des Bazars mitbekommen habe, waren alle ziemlich beeindruckt davon. Die meisten Leute meinten, daß es wirklich ein Meisterstück der Imagepflege und Reklame war, daß der größte Magiker im Bazar der Öffentlichkeit für einen Bruchteil seines gewöhnlichen Honrorars zu einer Rarität verholfen hat. Das zeigt, daß er noch mehr ist als nur ein kaltherziger Geschäftemacher ... daß er wirklich etwas für Leute übrig hat.«

»Was ist denn daran verkehrt, ein kaltherziger Geschäftemacher zu sein?« schnaubte Aahz. »Wie war denn das mit dem anderen Kerl? Jetzt hält ihn jeder für einen Verbrecher, und er schluchzt, er schluchzt, sage ich dir, den ganzen Weg bis zur Bank! Der hat sich doch von dem Gewinn dieses Verkaufs allein schon zur Ruhe setzen können!«

»Wenn mich mein Kindermädchen nicht schrecklich beschummelt hat, als sie mir das Rechnen beibrachte«, unterbrach Chumly ihn, »dann schätze ich, daß euer Kontostand den Gewinn dieses Burschen bequem in die Tasche stecken kann – samt dem Spielraum für ein ordentliches Trinkgeld. Gibt es eigentlich irgendeinen bestimmten Grund dafür, daß du so wild darauf bist, Gold zu hamstern, Aahz? Hast du vielleicht vor, dich zur Ruhe zu setzen?«

»Nein, ich will mich nicht zur Ruhe setzen«, bellte mein Partner. »Und außerdem begreift ihr überhaupt nicht, worum es eigentlich geht. Es geht nämlich gar nichts ums Geld.«

»Nicht?«

Ich glaube, alle horchten plötzlich auf, als er das sagte, selbst Pepe, der Aahz ja noch nicht so lange kannte wie wir.

»Natürlich nicht. Gold kann man sich immer noch wiederbeschaffen. Was sich nicht ersetzen läßt, ist Zeit. Wir wissen alle, daß Skeeve hier noch reichlich viel zu lernen hat, was Magik anbelangt. Was ihr anderen anscheinend ständig vergeßt, ist, wie kurz seine Lebensspanne ist ... vielleicht gerade mal hundert Jahre, wenn er Glück hat. Ich versuche nur, ihm möglichst viel Zeit fürs Lernen zu verschaffen ... und das bedeutet, daß ich dafür sorgen muß, daß er seine Zeit nicht in erster Linie mit irgendwelchen Groschenabenteuern verplempert. Die können wir getrost den kleineren Nummern überlassen. Mein Partner sollte sich nicht von seinen Studien rühren, es sei denn, es geht um etwas *wirklich* Spektakuläres. Um etwas, das sich auf seinen Ruf und seine Karriere günstig auswirkt.«

Langes Schweigen, während wir seine Worte verdauten, ich vor allem. Seit Aahz mich als gleichberechtigten Partner ankzeptiert hatte, anstatt mich weiter als Lehrling zu behandeln, hatte ich des öfteren vergessen, welch wichtige Rolle er doch als mein Lehrer und Manager spielte. Wenn ich die Sache nun rückblickend betrachtete, mußte ich erkennen, daß er seine alte Arbeit nie wirklich aufgegeben hatte, er war nur noch gerissener geworden. Ich hätte nicht gedacht, daß so etwas überhaupt möglich war.

»Und wie ist das mit diesem Groschenabenteuer hier?« brach Tanda schließlich das Schweigen. »Du weißt schon – deine Haut retten zu müssen? Ist das nicht ein bißchen simpel für eine derartige Legende, wie du sie gerade aufzubauen versuchst?«

Der Sarkasmus in ihrer Stimme war unverkennbar, doch das beeindruckte Aahz nicht im geringsten.

»Wenn du dich mal ein bißchen umhörst, wirst du merken, daß ich ihn auf diesem Ausflug gar nicht dabeihaben wollte. Im Gegenteil, ich habe ihn sogar bewußtlos geschlagen, damit er nicht darin verwikkelt würde. Ein Magiker der Spitzenklasse sollte sich nicht dazu herablassen müssen, die Rechnungen einzutreiben, vor allem dann nicht, wenn der Preis dafür unverhältnismäßig hoch ist.«

»Na, mir klingt das alles ein bißchen zu kaltschnäuzig, Aahz«, warf Chumly ein. »Wenn man die Sache mal logisch weiterdenkt, dann geht unser junger Freund hier nur an die Arbeit, wenn die Gefahr astronomische Ausmaße annimmt, und außerdem gilt: wenn es seine Karriere hinreichend fördert, ist dafür kein Risiko zu groß. Das klingt mir nach einer perfekten Methode, wie man nicht nur seinen Partner, sondern auch noch seinen Freund los wird. Wie der Giek immer sagt: Wenn du ständig die Wahrscheinlichkeit streifst, wird sie dich eines Tages einholen.«

Mein Partner wirbelte herum, um dem Troll Auge in Auge gegenüberzustehen.

»Natürlich wird es gefährlich«, knurrte er. »Der Magikerberuf ist nichts für Memmen, und wenn er an die Spitze will, dann muß er absolut feinfühlig und gemein sein. Das läßt sich nicht vermeiden, aber ich kann wenigstens dafür sorgen, daß er darauf vorbereitet ist. Warum, glaubt ihr wohl, war ich so dagegen, daß er Leibwächter bekommt? Wenn er anfängt, sich darauf zu verlassen, daß andere für ihn und auf ihn aufpassen, dann verliert er seine eigene Gewieftheit. *Dann* ist er nämlich erst richtig in Gefahr, in irgendeine Falle zu laufen.«

Das brachte nun Guido an die Front.

»Also, ich will doch mal sehen, ob ich das richtig kapiert habe«, begann er. »Du willst also nicht, daß ich und mein Vetter Nunzio dabei sind, damit der Boß hier sich selbst um jeden Ärger kümmern kann, ja? Also das ist völlig meschugge, wenn du verstehst, was ich meine. Nun hör mir mal zu, denn diesmal weiß ich wirklich genau, wovon ich rede. Je höher jemand die Leiter emporsteigt, um so mehr Leute kommen, um ihn zu jagen. Selbst wenn diese Größen gar nichts machen, gibt es trotzdem Leute, die auf sie schießen, einfach weil sie Macht und Ansehen haben und weil es immer jemanden gibt, der meint, er könne sie ihnen abjagen. Also ich habe ein paar von den Großen Burschen gesehen, die versucht haben, sich genauso zu verhalten, wie du das gerade vorgeschlagen hast ... die haben die ganze Zeit soviel Angst, daß sie nichts und niemandem mehr trauen. Der einzige, auf den sie zählen können, sind sie selbst, und alle anderen sind verdächtig. Dazu gehören völlig Fremde genauso wie ihre eigenen Leibwächter, ihre Freunde *und* ihre Partner. Denk mal 'n Augenblick drüber nach.«

Er lehnte sich zurück und ließ seinen Blick durchs Zimmer schweifen, um sich jetzt an alle zu wenden.

»Solche Leute werden nicht alt. Sie trauen niemandem, also haben sie auch niemanden. Man kann einfach nicht alles selbst machen, und früher oder später gucken sie gerade mal in die falsche Richtung oder schlafen, wenn sie wach bleiben sollten, und schon ist alles vorbei. Also ich habe schon eine ganze Menge Jobs als Leibwächter gehabt, und das waren eben alles bloß Jobs, wenn ihr versteht, was ich meine. Der Boß hier ist anders, und das ist kein leeres Geschwätz. Er ist der beste Mann, dem ich je in meinem Leben begegnet bin, weil er nämlich Leute mag und keine Angst hat, es auch zu zeigen. Und was noch wichtiger ist – er hat keine Angst, Kopf und Kragen zu riskieren, um jemandem zu helfen, auch wenn es *nicht* unbedingt in seinem Interesse ist. Ich arbeite doppelt so angestrengt für ihn, weil ich nicht will, daß ihm irgendwas passiert ... selbst wenn das bedeutet, daß ich auf so komische, abartige Reisen mit muß wie diese hier, dann ist das eben so. Jeder, der ihm was antun will, muß erst an mir vorbei ... und das bedeutet, daß ich auch gegen jeden von euch kämpfen werde, falls einer versuchen sollte, ihn zu irgendwas zu machen, was er nicht ist und nicht sein will.«

Massha unterbrach ihn, indem sie laut applaudierte.

»Bravo, Guido!« sagte sie. »Ich glaube, Grünschuppe, dein Problem ist, daß deine Vorstellungen von Erfolg sich nur mit deinen eigenen decken, wir haben etwas andere. Wir möchten alle, daß Skeeve es gut hat, aber wir mögen ihn so, wie er ist. Wir vertrauen seiner Vernunft, und werden ihn immer unterstützen, wenn er sich im Laufe seiner Entwicklung zu irgendwelchen Schritten entschließt ... ohne daß wir versuchen, ihn zu etwas zu zwingen oder ihn dazu zu überlisten, einen bestimmten Weg einzuschlagen.«

Aahz gab vor diesem Ansturm des Protests nicht nur nach, er schien sogar ein wenig in sich zusammenzusacken.

»Ich mag ihn doch auch«, murmelte er. »Schließlich kenne ich ihn schon länger als jeder von euch, habt ihr das vergessen? Er macht seine Sache ganz gut, aber er könnte noch soviel besser sein! Wie kann er einen Weg wählen, wenn er ihn überhaupt nicht erkennt? Ich versuche lediglich, dafür zu sorgen, daß er größer wird als ich … als *wir* es für uns jemals erträumen könnten. Was ist denn daran verkehrt?«

Trotz meiner Irritation darüber, daß hier über mein Leben diskutiert wurde, als wäre ich überhaupt nicht anwesend, war ich sehr gerührt, sowohl von der Verteidigung durch meine Freunde, aber auch – und vor allem – von Aahz.

»Weißt du, Partner«, sagte ich sanft, »einen Augenblick lang hast du gerade geklungen wie mein Vater. Er wollte, daß ich der Beste würde … oder, genauer, daß ich besser würde, als er es war. Meine Mutter sagte mir immer, das wäre, weil er mich liebte, aber für mich hörte es sich damals so an, als würde er immer nur an mir herumnörgeln. Vielleicht hatte sie ja recht … heute bin ich eher bereit, ihr zu glauben als damals, aber ich bin ja inzwischen auch älter geworden. Jedenfalls mußte ich versuchen, Leuten zu sagen, daß ich sie liebte, auch wenn mir die Worte nicht über die Lippen wollten … und ich bin auch wütend auf mich selbst geworden, wenn sie es nicht erkannten, obwohl ich doch versuchte, es ihnen zu zeigen.

Aahz, ich weiß deine Besorgnis zu schätzen, und ich brauche deine Anleitung. Du hast recht, es gibt Wege und Möglichkeiten, die ich im Augenblick noch nicht einmal verstehen kann. Aber andererseits muß ich mir meinen Weg auch selbst aussuchen können. Ich will irgendwann mal besser werden, als ich es heute bin, aber nicht unbedingt der Allerbeste. Ich meine, Guido hat recht, an der Spitze zu stehen heißt auch, einen hohen Preis dafür zahlen zu müssen, und ich möchte vorher erst lange und angestrengt darüber nachdenken können, ob ich überhaupt bereit bin, ihn zu zahlen ... selbst wenn ich davon überzeugt wäre, daß ich es könnte, was im Moment nicht der Fall ist. Ich *weiß* aber: Wenn es bedeuten sollte, daß ich das Vertrauen, das ich in dich und in alle anderen in diesem Raum setze, aufgeben müßte, wäre es mir lieber, ein Groschen-und-Kleingeld-Zauberer zu werden. Denn *diesen* Preis würde ich niemals freiwillig zahlen.«

Wieder senkte sich das Schweigen über uns, während jeder seinen eigenen Gedanken nachhing, bis plötzlich der Werwolf in unsere Mitte hüpfte.

»Abärr was ist dänn das?« fragte er. »Das kann doch unmöglisch die große Mannschaft von Aahz und Skeeve sein, die doch bei jedärr Gefahr noch lachen kann?«

»Weißt du, Pepe«, sagte Aahz drohend, »du hast wirklich eine große Zukunft als Jagdtrophäe vor dir.«

»Als Trophäe?« Der Werwolf blinzelte verständnislos. »Abärr isch bin doch noch ... olàlà, jetzt begreife isch! Du machst ein Witz, eh? Guut! Das klingt schon bessärr!«

»... und was das Lachen im Antlitz der Gefahr betrifft«, warf ich ein, entschlossen, meinen Teil der Legende aufrechtzuerhalten, »so besteht die einzige Gefahr, die ich hier im Moment sehe, in der Langeweile. Wo bleibt dieser Vilhelm eigentlich?«

»Ich weiß ja, daß du und Aahz einander mögt, Skeeve«, gähnte Chumly, »aber du mußt *unbedingt* mehr Zeit in anderer Gesellschaft verbringen. Du hörst dich langsam schon so an wie er. Vielleicht kannst du ja das nächstemal mitkommen, wenn ich einen neuen Auftrag habe.«

»Nur über meine Leiche«, sagte mein Partner.

»Und außerdem – was soll er schon von einem Troll lernen, was ich ihm nicht selbst beibringen könnte?«

»Ich könnte ihm beibringen, keine Vögel für Täufler einzufangen und dafür nur zehn Goldstücke zu verlangen«, sagte der Troll grinsend und zwinkerte dabei seiner Schwester zu. »Das scheint mir ein Teil seiner Ausbildung zu sein, den du vernachlässigt hast.«

»Ach ja, sag an!« explodierte mein Partner. »Du willst ihm also etwas über Honorarvorstellungen beibringen, ja? Wie war denn das damals, als du deine Schwester darangesetzt hast, einen Elefanten zu klauen, ohne dir vorher die Mühe zu machen, nachzuprüfen, ob ...«

Und schon waren sie wieder in Fahrt. Während ich zuhörte, ertappte ich mich bei dem Gedanken, daß es zwar ganz nett war zu wissen, wieviel meine Freunde für mich empfanden, daß es aber andererseits weitaus gemütlicher war, wenn es ihnen gelang, dies hinter einer Maske von Neckereien zu verbergen. Meistens ist es schwieriger, schonungslose Ehrlichkeit zu ertragen als freundliches Gelächter.

XVI

»Sind wir hier vielleicht auf einem Maskenball?«

G. v. Thurn u. Taxis

Als Vilhelm mit unseren Verkleidungen zurückgekehrt war, hatte sich die Lage weitgehend normalisiert – was auch ganz gut war, denn die Prozedur des Maskierens erwies sich als ziemlich strapaziös und stellte unseren Humor auf eine harte Probe.

Bis ich mich mit Aahz zusammengetan hatte, hatte ich keine Gelegenheit gehabt, mich für jemand anderen als mich selbst auszugeben. Folglich hatte ich auch nicht die leiseste Ahnung, wie lange es dauern kann, sein Äußeres ohne Magik zu verändern. Als wir schließlich fertig waren, hatte ich einen gewaltigen Respekt gegenüber den Fertigkeiten entwickelt, die ich bereits erlernt hatte, ganz zu schweigen von einer wirklich intensiven Sehnsucht nach einer anderen Dimension ... nach irgendeiner Dimension, die über eine mächtige Kraftlinie verfügte, mit der sich arbeiten ließ.

Tanda war uns eine große Hilfe, sie brachte ihre Erfahrungen aus der Mördergilde mit ins Spiel und übernahm es, uns in unsere neuen Rollen einzuweisen.

»Guido, mehr Haltung!« befahl sie, Empörung in der Stimme. »Du hast ja einen Gang wie ein Gangster!«

»Aber ich bin doch ein Gangster!« fauchte mein Leibwächter. »Und außerdem – was gibt es an meinem Gang auszusetzen? Schließlich habe ich uns damit bis zum Gefängnis gebracht, oder?«

»Ja, aber da hat auch nicht die halbe Stadt nach dir Ausschau gehalten«, versetzte Tanda. »Und außerdem konntest du dir damals deinen Weg selbst aussuchen. Wir wissen nicht, wo sich unsere Gegner versteckt halten. Auf dieser Jagd müssen wir uns durch ganze Massen von Leuten bewegen, und da bringt's dein Gang einfach nicht. Neunzig Prozent einer Verkleidung bestehen darin, sich so zu bewegen wie der Typ, für den man sich ausgibt. Im Augenblick bewegst du dich genau so, als hättest du es auf eine Prügelei abgesehen.«

»Versuch einfach, dich wie Don Bruce zu bewegen«, schlug ich vor. »Der ist schließlich auch ein Gangster.«

Das trug mir zwar einen giftigen Blick ein, aber immerhin versuchte mein Leibwächter, meinen Instruktionen Folge zu leisten, indem er von den Fußballen aus emporfederte und herumwatschelte.

»Schon besser«, sagte Tanda und überließ Guido sich selbst, der nun mit finsterer Miene im Raum auf und ab ging.

»Wie kommen wir zu Rande?«

»Lausig«, vertraute sie mir an. »Wir brauchen viel länger, als wir eigentlich dürften. Ich wünschte, es gäbe hier mehr Spiegel ... ach, was sage ich! Schon ein einziger wäre wunderbar!«

Erst als wir damit begonnen hatten, uns auf unsere Aktion vorzubereiten, bemerkten wir, daß der Verschicker überhaupt keinen Spiegel besaß. Er behauptete, daß Spiegel bei Vampiren nicht sehr beliebt und eher unnötig waren. So hatten wir die undankbare Aufgabe, gegenseitig unsere Verkleidungen zu überprüfen, was schon anstrengend genug gewesen wäre, wenn es dabei um weniger empfindliche Gemüter gegangen wäre.

»Wie sehen meine Zähne aus?« fragte Massha, streckte mir den Kopf entgegen und öffnete den Mund.

Es war als würde man in die Tiefen einer unterirdischen Höhle starren.

»Ähhh ... die linke Seite ist in Ordnung, aber rechts fehlen noch ein paar. Warte mal einen Moment, dann helfe ich dir.«

Die Zähne erwiesen sich als besonderes Problem. Wir hatten gehofft, einige der Gummifänge auftreiben zu können, die in den Kuriositätenläden des Bazars so häufig angeboten werden. Leider führte kein Geschäft in Blut solche falschen Zähne. Das einzige, was dem einigermaßen nahe käme, meinte Vilhelm, waren menschliche Gummizähne, die man auf Vampirzähne aufsetzen konnte. Der Vampir versicherte uns, daß sie in dieser Dimension als ziemlich furchterregend galten. Angesichts dieses Mangels gingen wir dazu über, unsere sämtlichen Zähne mit Ausnahme der Eckzähne zu schwärzen, um auf diese Weise ein halbwegs vampirisches Aussehen zu bekommen. Als wir es ausprobierten, war die Wirkung gar nicht schlecht, aber es dann tatsächlich durchzuführen, erwies sich als ungeheuer kompliziert. Wenn man nämlich die eigenen Zähne ohne Spiegel schwärzen wollte, stellte es sich als ziemlich schwierig heraus, die richtigen Zähne zu erwischen, und wenn man einen Freund zu Hilfe rief, dann mußte man sich sehr schnell damit auseinandersetzen, daß es diesem besagten Freund geradezu ein

Bedürfnis war, einem die Zunge anstelle der Zähne zu schwärzen.

»Ich mag diesen Mantel nicht«, erklärte Guido und packte mich am Arm. »Ich will wieder meinen Trenchcoat anziehen.«

»Vampire tragen aber keine Trenchcoats«, sagte ich entschieden. »Und außerdem steht dir der Mantel ausgezeichnet. Du siehst darin ... ich weiß gar nicht, freundlich, aber trotzdem bedrohlich aus.«

»Ach ja?« erwiderte er zweifelnd und reckte den Hals, um sich selbst zu begutachten.

»Deine Sorgen möchte ich haben!« platzte Massha heraus. »Schau dir bloß mal an, was ich hier tragen muß! Diesen Fetzen würde ich liebend gern gegen deinen Mantel tauschen!«

Wie Ihnen vielleicht aufgefallen sein mag, hatte das Team eine Menge Schwierigkeiten, sich mit seiner Verkleidung abzufinden. Vor allem Massha rebellierte gegen ihre Kostümierung.

Nachdem sie bei unserer Flucht wie ein Ballon über unseren Köpfen durch die Luft geschwebt war, hatten wir befürchtet, daß man sie als erste wiedererkennen könnte. Deshalb färbten wir ihr grellorangefarbenes Haar nicht nur um, wir bestanden auch darauf, daß ihr neues Kostüm soviel von ihr verdeckte wie nur möglich. Zu diesem Zwecke hatte Vilhelm ein Kleid aufgetrieben, das er als »Zelt« bezeichnete – was allerdings nicht gerade dazu angetan war, meinen Lehrling dafür zu begeistern.

»Also wirklich, Große Nummer!« sagte sie und drängte mich in eine Zimmerecke. »Genügt es denn nicht, daß die halbe Stadt mich als Luftschiff erleben durfte? Jetzt sag mir bloß, daß ich auch noch als *Zelt* herumlaufen muß!«

»Ehrlich, Massha«, warf Vilhelm ein, »dieser Kleidungsstil ist hier in Blut ziemlich beliebt. Solche Kleider werden von vielen Damen getragen, die ... ein bißchen ... na ja ...«

»Dick?!«

Drohend baute sie sich vor dem kleinen Vampir auf.

»Ist das etwa das Wort, nach dem du gesucht hast, du Wicht?«

»Nun sei doch mal realistisch, meine Liebe«, mischte sich Tanda ein, um zu retten, was noch zu retten war. »Du hast doch wirklich ein bißchen viel des Guten auf dem Leib. Glaub mir, wenn es irgendeine Gelegenheit gibt, bei der man sich über seine eigene Figur keine Illusionen machen sollte, dann beim Verkleiden. Dieses Gerät macht dich jedenfalls schlanker.«

»Versuch doch bitte nicht, einen Narren zum Narren zu halten, Süße«, seufzte Massha. »Aber was diese Kostümierungssache angeht, hast du durchaus recht. Das Ding ist bloß so *schäbig!* Erst bin ich ein Luftschiff, und jetzt muß ich als Gefechtszelt in der Gegend rumrennen.«

»Also in *dem* Punkt gebe ich dir recht«, nickte Tanda. »Darauf kann man sich bei einem Mann wirklich verlassen, daß er ein fürchterlich tristes Gewand anschleppt. Ich will dir was sagen: Ich habe noch ein Tuch, das ich eigentlich als Gürtel benutzen wollte, vielleicht könntest du es als Halstuch tragen.«

Ich fürchtete schon, daß dieser letzte Witz eine neue Explosion auslösen würde, doch Massha nahm es als hilfreichen Vorschlag, und so machten sich die beiden auf die Suche nach weiteren Verzierungen.

»Hast du mal eine Minute Zeit, Partner?«

Aahz' Tonfall verriet mir, daß der Augenblick, vor dem mir bereits gegraut hatte, jetzt gekommen war.

Chumly brauchte sich überhaupt keine Sorgen um eine Verkleidung zu machen, da Trolle in dieser Dimension alles andere als selten waren. Tanda bestand darauf, daß sie schon hinlänglich wie ein Vampir aussah, um mit einem Minimum an Veränderung auszukommen. Ich war zwar noch keinem Vampir mit grünem Haar begegnet, aber sie behauptete, welche gesehen zu haben, und so gab ich, wie immer, angesichts ihrer größeren Erfahrung in solchen Dingen nach. Ich selbst stand ebenfalls auf der Liste der Teammitglieder, die nur einer geringen Tarnung bedurften, weil alle sich darin einig waren, daß niemand in Blut mich lange genug gesehen hatte, um sich mein Aussehen einzuprägen. Obwohl ich nicht eben entzückt davon war, so unscheinbar auszusehen, nahm ich es ergeben hin ... vor allem als ich mitbekam, was Guido und Massha durchmachen mußten. Die Probleme mit diesen beiden herausragenden Mitgliedern der Truppe habe ich bereits geschildert: lästig, aber nicht unlösbar. Doch da war noch Aahz ...

»Stimmt etwas nicht?« fragte ich mit Unschuldsmiene.

»Darauf kannst du deinen Drachen verwetten, daß was nicht stimmt!« fauchte mein Partner. »Und versuch bloß nicht, bei mir den Unschuldigen zu spielen! Das hat schon früher nicht funktioniert, als du noch mein Lehrling warst, und wird ganz bestimmt auch jetzt nicht funktionieren!«

Aahz' Verkleidung hatte einige sehr knifflige Probleme aufgeworfen. Er war nicht nur das am meisten gesuchte Mitglied unserer Truppe, er war auch mit Abstand das auffälligste. Nach der Gerichtsverhandlung und seinem Gefängnisaufenthalt erschien es zweifelhaft, daß es in ganz Blut auch nur einen einzigen Einwohner gab, der ihn nicht auf Anhieb wiedererkennen würde. Ich meine, schließlich laufen ja in keiner Dimension sonderlich viele grüne schuppige Dämonen herum ... mit Ausnahme seiner Heimatdimension Perv. Deshalb wurde auch – beinahe einstimmig – beschlossen, daß wir nicht nur die Hauptfarbe meines Partners mit Schminke verändern mußten, sondern auch sein Geschlecht.

»Hat es zufällig etwas mit deiner Verkleidung zu tun?« fragte ich und versuchte dabei, eine steinerne Miene aufzusetzen.

»Ja, zufällig hat es etwas mit meiner Verkleidung zu tun«, äffte er mich nach. »Und eins will ich dir sagen: Partner oder nicht Partner, wenn du dieses Grinsen rauslassen solltest, dann blas ich dir eigenhändig die Lichter aus. Kapiert?«

Mit großer Mühe beherrschte ich mich und biß mir auf die Unterlippe.

»Also wirklich«, sagte er, beinahe flehend, »nichts gegen einen guten Witz, aber du glaubst doch wohl nicht im Ernst, daß ich mich in *dieser* Aufmachung in der Öffentlickeit zeigen werde?«

Abgesehen von der schon erwähnten Schminke hatte Aahz' Tarnung nach einem Kleid und einer Perücke verlangt. Aufgrund seiner gewaltigen Kopfgröße (ein Problem, das Vilhelm klugerweise soweit heruntergespielt hatte, wie es eben ging) war die Perückenauswahl verständlicherweise klein gewesen. Tatsächlich hatte es in seiner Größe nur ein Modell namens »Lady Go-Go Diva« gegeben, eine hochgesteckte blonde Perücke im Wabenstil mit einem langen Pferdeschwanz, der ihm bis zu den Kniekehlen herabhing. Tatsächlich erwies sich dieser Pferdeschwanz insgeheim als Segen, denn das dunkelblaue Kleid, das Vilhelm für meinen Partner aufgetrieben hatte, besaß einen außerordentlich weiten Ausschnitt, so daß das Haar, das wir ihm über die Schultern drapierten, verbarg, wie viele Probleme wir damit hatten, genug Material aufzutreiben, um damit seinen Busen auszustopfen.

»Wie mein weiser alter Mentor mir mal in einer ähnlichen Lage sagte«, meinte ich altklug, »was macht es schon, was die Leute von dir denken? Sie sollen dich ja sowieso nicht für dich halten. Das ist doch der ganze Witz bei einer Verkleidung.«

»Aber diese Aufmachung ist einfach demütigend!«

»Genau meine Worte, als jemand, dessen Namen ich durchaus zu nennen imstande wäre, es für erforderlich hielt, daß ich mich als Mädchen verkleide, weißt du noch?«

»Aber dir bereitet die Sache offensichtlich auch noch Vergnügen, oder?« fragte er finster, mißtrauisch lauernd.

»Na ja, es gibt auch noch andere Möglichkeiten«, gab ich zu.

»Das klingt schon besser!« grinste er und griff nach seiner Perücke.

»Du könntest zum Beispiel hier bleiben ...«

Seine Hand bremste kurz vor dem Ziel ab.

»... oder wir könnten die ganze Sache vergessen und statt dessen das Bußgeld zahlen.«

Die Hand wich zurück, als die Schultern meines Partners niedergeschlagen heruntersackten. Ich empfand keinen Triumph. Eher hatte ich fast gehofft, die Sache würde ihm peinlich genug sein, um in meinen Vorschlag, das Projekt aufzugeben, einzuwilligen. Aber ich hätte es besser wissen sollen. Wenn es um Geld geht, dann genügt Peinlichkeit allein nicht, um Aahz von seinen Plänen abzubringen ... ob ihm die Sache nun selbst peinlich sein mag oder einem anderen.

»Also gut, Leute«, rief ich und verbarg dabei meine Enttäuschung. »Alles fertig?«

»Vergeßt die Sonnenbrillen nicht!« ermahnte uns Tanda.

Das war der letzte Kniff bei unseren Verkleidungen. Um zu verbergen, daß unsere Augen nicht rot waren, hatte sich jeder von uns eine Sonnenbrille zugelegt. Wenn ich mir das Endergebnis anschaute, mußte ich zugeben, daß wir, von Tanda und Chumly einmal abgesehen, nicht mehr aussahen wie wir selbst. *Wie* wir genau aussahen, vermochte ich zwar nicht zu sagen, aber auf jenden Fall nicht wie *wir!*

»Na schön«, stimmte auch Aahz ein. Er hatte sein Unbehagen anscheinend inzwischen überwunden. »Kennt jeder seinen Marschbefehl? Vilhelm? Bist du sicher, daß du uns auf diesem Ding im Auge behalten kannst?«

»Kein Problem«, nickte der kleine Vampir. »Wenn hier mal wenig los ist, benutze ich diese Anlage, um in der Stadt ein bißchen in die Fenster zu lugen. Die Straßen zu beobachten ist noch wesentlich leichter.«

»Denk dran, auf unser Signal zu achten«, sagte ich zu ihm. »Wenn wir diesen Vic erwischt haben, brauchen wir schleunigst ein paar zuverlässige Ortsansässige als Zeugen.«

»Na ja«, grinste Aahz böse, »*so* fürchterlich zu beeilen brauchst du dich damit auch wieder nicht. Ich hätte nichts dagegen, mit ihm eine Weile alleine zu sein, bevor wir ihn den Behörden übergeben.«

Mein Herz setzte einen Schlag lang aus. Aahz klang so, als würde er bei dieser Hatz seiner Rache durchaus freien Lauf lassen wollen, und ich war mir gar nicht sicher, daß er sich dabei nur auf Vic allein konzentrieren würde.

Ich glaube, Tanda bemerkte meine Unruhe.

»Nun mach mal halblang, Aahz«, sagte sie ruhig. »Ich hab ja nichts dagegen, dir mal aus der Klemme zu helfen, aber wenn es darum gehen sollte, aus reiner Rachsucht ein Übermaß an Gewalt anzuwenden, bin ich nicht mit dabei. Das ist stillos.«

»Seit wann machst denn du dir Gedanken zu übermäßiger Gewaltanwendung?« knurrte Aahz, doch dann zuckte er mit den Schultern. »Na gut. Aber vielleicht haben wir Glück. Vielleicht widersetzt er sich ja einer Festnahme.«

Ich machte mir zwar immer noch Sorgen, wußte aber andererseits, daß dies schon das äußerste an Selbstherrschung war, was ich von meinem Partner erwarten konnte.

»Da diese Sache nun geklärt ist«, sagte ich und holte Luannas Tuch hervor, »Pepe, nimm mal diese Witterung auf.«

»Bezaubärrnd«, lächelte er und drückte seine Nase in das Tuch. »Eine junge Dame, nischt wahr? Wenn därr Körper so gut ist wie dieses Aroma, dann wärrde isch ihr folgen bis ans Ende därr Welt, ob ihr misch begleitet odärr nischt.«

Ich widerstand dem Verlangen, ihm das Tuch um den Hals zu wickeln und zuzuziehen.

»Also gut, Leute«, sagte ich, nahm das Tuch wieder an mich und verstaute es mit, wie ich hoffte, lässiger Gebärde, in meinem Kittel. »Dann wollen wir mal ausziehen, um einen Verbrechervampir zu fangen.«

XVII

»Irgendwo muß hier doch eine Fährte sein!«

Lederstrumpf

Es war wenige Stunden vor Sonnenuntergang, als wir uns endlich auf den Weg machten, eine unangenehme Erinnerung daran, wie lange wir für unsere Verkleidung nunmehr gebraucht hatten. Wir waren übereingekommen, Pepe nicht alle auf einmal zu folgen, um keine Aufmerksamkeit zu erregen. Statt dessen bewegten wir uns einzeln oder in kleinen Gruppen auf beiden Seiten der Straße, ganz bewußt in unterschiedlichem Schrittempo. Wer schneller ging, blieb gelegentlich stehen, um die Schaufensterauslagen zu betrachten, so daß unsere Gruppe zusammenblieb, ohne daß es auffiel. Tanda hatte darauf hingewiesen, daß ein solches Vorgehen nicht nur die Chancen verringern würde, daß man uns entdeckte, es würde auch wenigstens einem Teil unserer Gruppe die Flucht ermöglichen, sollte man den anderen doch entlarven ... ein wahrhaft tröstlicher Gedanke.

Obwohl Luanna behauptet hatte, vor dem Büro des Verschickers auf uns gewartet zu haben, war das schon so lange her, daß ich eigentlich damit rechnete, daß sich ihre Spur inzwischen verflüchtigt hatte oder daß sie wengistens von denen der vielen anderen Leute, die inzwischen hier vorbeigekommen waren, überlagert worden war. Deshalb war ich einigermaßen erstaunt, als der Werwolf uns beinahe sofort signalisierte, daß er die Fährte aufgenommen hatte und sich äußerst zuversichtlich auf den Weg machte. Entweder war ihre Spur intensiver, als ich gedacht hatte, oder ich hatte Pepes Fähigkeiten sträflich unterschätzt.

Die Fährte schlang sich die mit Kopfsteinpflaster besetzten Straßen entlang, und wir folgten ihr so schnell wir konnten, ohne unsere Rolle als lässige Spaziergänger, die einander nicht kannten, aufzugeben. Eine Weile stellte unsere Gruppe die Mehrzahl der sich auf den Straßen befindlichen Wesen dar, was mich an der Effektivität unserer List zweifeln ließ, doch schon bald kamen immer mehr Vampire hervor, um sich ihrem geliebten Nachtleben zu widmen, so daß wir nicht mehr so stark auffielen.

Ich befand mich in Begleitung von Chumly, doch der Troll war merkwürdig still, während wir so dahinschritten. Zuerst dachte ich, es läge daran, daß er sich einfach nur darauf konzentrierte, den Werwolf nicht aus den Augen zu verlieren, doch im Laufe der Zeit empfand ich sein Schweigen als ziemlich beunruhigend. Ich hatte Chumly stets als eines der vernünftigeren, gelasseneren Mitglieder unserer buntgemischten Truppe respekiert, und nun gewann ich den beunruhigenden Eindruck, daß er nicht mit ganzem Herzen hinter dieser Unternehmung stand.

»Hast du irgendwelche Sorgen, Chumly?« fragte ich schließlich.

»Hm? Ach so. Nein, eigentlich nicht, Skeeve. Ich habe nur nachgedacht.«

»Worüber denn?«

Der Troll seufzte leise.

»Ich habe gerade über unseren Gegenspieler, diesen Vic, nachgedacht. Weißt du, nach allem, was wir von ihm gehört haben, scheint er ziemlich gerissen und einfallsreich und von äußerst hinterhältiger Art zu sein.«

Das verblüffte mich etwas. Bisher hatte ich unseren Vampirgegner für alles mögliche gehalten, von einem Quälgeist bis zu einem Todesengel. Seine Methoden zu studieren, war mir noch nie in den Sinn gekommen.

»Wie kommst du darauf?«

Der Troll schürzte die Lippen, während er Ordnung in seine Gedanken brachte.

»Überleg doch mal, was er bisher alles erreicht hat. Seit wir ihn kennen, ist er auf der Flucht ... erst vor den Täuflern und dann vor Aahz, der nun bestimmt kein Stümper ist, wenn es darum geht, Leute zu jagen, auf die er es abgesehen hat. Gehen wir vorläufig nur mal davon aus, daß Vic tatsächlich der Kopf der Gruppe ist. Dann war er so geistesgegenwärtig, die Tatsache, daß er in deinem Wartezimmer alleingelassen wurde, auszunutzen, um durch die Hintertür zu entkommen. Das hätte er nicht im voraus planen können, selbst wenn er von der Tür gewußt hätte. Wahrscheinlich hatte er etwas ganz anderes vor und hat seinen Plan ad hoc geändert.«

Wir blieben einen Augenblick stehen, um eine kleine Gruppe von Vampiren vor uns über die Kreuzung zu lassen.

»Nun hätte das in den allermeisten Fällen für eine Flucht durchaus genügt, aber sie haben sich einen Fluchtweg gewählt, der dich und Aahz für ihr Entkommen verantwortlich machte, was dazu führte, daß dein Partner ihre Spur aufnahm«, fuhr Chumly fort. »Obwohl er nichts von euch kannte als euren Ruf, hat Vic nicht nur völlig korrekt gefolgert, daß man ihn verfolgen würde, er hat es sogar geschafft, Aahz' Schwäche zu entdecken und sie auszunutzen, um ihn nachhaltig in die Klemme zu manövrieren. Was ebenfalls keine einfache Aufgabe war, vor allem, wenn man bedenkt, daß er dazu auch noch seine beiden Komplizen überzeugen und sie in ihre Rollen einweisen mußte.«

All dies trug nicht gerade zu meinem Seelenfrieden bei. Ich hatte ohnehin schon genug Schwierigkeiten, mich dazu zu zwingen, daran zu glauben, daß wir tatsächlich einen Vampir jagten, ein Wesen, dem ich normalerweise um jeden Preis aus dem Weg gegangen wäre, um mich auch noch mit dem Gedanken abzuplagen, daß er schlau und einfallsreich war. Doch ich hatte gelernt, daß es die denkbar schlechteste Vorbereitung ist, die unangenehmen Aspekte eines Abenteuers zu vernachlässigen.

»Red weiter«, drängte ich.

»Nun«, seufzte der Troll, »als ihr bei den Kläffern auf sein Versteck gestoßen seid, ist er nicht etwa in Panik geraten. Er wollte soviel von euren Plänen in Erfahrung bringen wie möglich und gleichzeitig die Gelegenheit dazu nutzen, euch aus erster Hand zu beurteilen. Dann hat er seine Flucht so arrangiert, daß ihr alle völlig überrascht wart.«

Ich verdaute diese unangenehme Ergänzung der rapide anwachsenden Sammlung von Unannehmlichkeiten. »Meinst du wirklich, daß er mich abschätzen wollte?«

»Daran hege ich nicht den leisesten Zweifel. Er hat nicht nur deine Fähigkeiten und deine Entschlossenheit zu handeln eingeschätzt, er hat sogar erraten, was du unternehmen würdest, und zwar aufgrund seiner Beobachtung, so daß er da war, um Alarm zu schlagen, als ihr Aahz aus dem Gefängnis befreit habt ... ein besonders kühner Schachzug, wenn man bedenkt, daß er dabei immerhin Gefahr lief, erkannt zu werden, was die ganze Geschichte mit dem Mord hätte auffliegen lassen können.«

»Kühn oder verzweifelt«, meinte ich nachdenklich. »Deshalb hat er wahrscheinlich auch gewartet, bis wir Aahz tatsächlich befreit hatten und auf dem Weg nach unten waren, bis er Alarm schlug. Wenn wir unerkannt entkommen wären, wäre seine Intrige wertlos geworden, so daß er eigentlich zu diesem Zeitpunkt gar kein wirkliches Risiko mehr einging.«

»Wie du meinst«, sagte der Troll achselzuckend. »Was bleibt, ist das Endergebnis, daß wir es hier mit einer reichlich harten Nuß zu tun haben. Wir können nur raten, was er tun wird, wenn wir ihn diesmal erwischen sollten.«

»Wenn er sein Niveau hält, könnte die Sache ziemlich brenzlig werden.«

Chumly warf mir einen Blick von der Seite zu.

»Eigentlich dachte ich eher daran, daß es brenzlig für deine Herzensdame werden könnte ... sofern es ihm gelungen sein sollte, die Gefühle, die du für sie hegst, zu bemerken.«

Ich wollte schon protestieren, als mich die Bedeutung seiner Theorie wie ein Faustschlag traf und meine Verlegenheit der Sorge wich.

»Ist das wirklich derart offensichtlich? Meinst du, er konnte es bemerken? Dann hat er Luanna möglicherweise schon etwas angetan, nur weil sie Kontakt mit uns aufgenommen hat.«

»Wer dich kennt, kann es dir förmlich vom Gesicht ablesen«, meinte Chumly kopfschüttelnd. »Aber für jemanden, der dich zum ersten Mal sieht ... ich weiß es einfach nicht. Wahrscheinlicher ist, daß er es aus den Informationen schlußfolgert, die du zur Verfügung hattest – zum Beispiel, wie er heißt. Solches Wissen muß ja von irgendwoher gekommen sein, obwohl es auch noch eine kleine Chance gibt, daß er bei deinem gegenwärtigen Ruf annimmt, daß du es dir mit irgendwelchen magischen Mitteln beschafft hast.«

Ich hörte ihm kaum noch zu. Mein Verstand konzentrierte sich vielmehr auf die Möglichkeit, daß Luanna vielleicht etwas zugestoßen sein könnte und daß ich selbst die indirekte Ursache dafür sein konnte. Eine Woge der Schuldgefühle stieg in mir hoch und wollte mich ertränken, als ich plötzlich eine Hand auf meiner Schulter spürte.

»Nun schalt nicht ab, Skeeve«, sagte Chumly gerade und schüttelte mich leicht. »Erstens werden wir dich bald brauchen. Zweitens: Selbst wenn Vic sich ausgerechnet haben sollte, daß du sie liebst, wird er ihr, wie ich glaube, bisher noch nichts angetan haben. Er wird sie höchstens später als Trumpfkarte gegen uns ausspielen wollen.«

Ich sog hörbar die Luft ein.

»... und er ist ein solcher Bastard, daß er das auch tun wird«, sagte ich. »Ich weiß nicht, was ich tun kann, weder für uns noch für sie, aber ich werde mein Möglichstes versuchen. Danke, Chumly.«

Der Troll musterte mich eindringlich.

»Eigentlich habe ich ihn gar nicht für einen solchen Widerling gehalten«, warf er ein. »Eher für einen schlauen, wendigen Burschen, der bis über beide Ohren in Schwierigkeiten geraten ist und nun versucht, sich so gut es geht den Weg mit Improvisationen wieder freizuschaufeln. Ehrlich gesagt, Skeeve, alter Junge, erinnert er mich in manchen Punkten an dich. Du solltest mal darüber nachdenken, wenn du versuchst, seine möglichen Aktionen zu berechnen und wie man ihnen begegnen kann.«

Ich versuchte erneut, gelassen abzuwägen, was er mir sagte, doch ich war unfähig, über etwas anderes nachzudenken als darüber, was der Ausgang dieser Jagd für Konsequenzen für Luanna haben würde. Es fiel mir schon schwer genug, zu akzeptieren, daß wir Luanna und ihre Begleiter den Behörden würden ausliefern müssen, damit sie für ihre Vergehen einstanden, aber der Gedanke, sie in physische Gefahr zu bringen, war mir unerträglich.

Ich hielt Ausschau nach Aahz, wild entschlossen, dieser Hatz ein für allemal ein Ende zu machen. Zu meiner Überraschung hatte sich der Rest der Gruppe jedoch vor uns an einer Ecke versammelt, und mein Partner winkte uns gerade, wir sollten uns ihnen anschließen.

»Was ist denn da los?« fragte ich mehr mich selbst.

»Ich würde vermuten«, meinte Chumly, »daß wir am Ziel sind.«

Eine kalte Woge der Furcht durchflutete mich, und ich eilte zum Treffpunkt, dicht gefolgt von Chumly.

»Wir haben Glück«, erklärte Aahz, als ich eintraf. »Guido sagt, daß er gesehen hat, wie Vic das Gebäude betreten hat, kurz bevor wir hier ankamen. Ich schätze, daß sie alle drei da drin sind.«

»Aahz, ich ... ich will, daß wir die Sache sofort abblasen«, platzte ich heraus, und mir war schmerzlich bewußt, wie schwach sich das anhörte.

»Ach ja?« erwiderte mein Partner und sah mich mit hochgezogener Augenbraue an. »Gibt es dafür irgendeinen besonderen Grund?«

Ich fuhr mir mit der Zunge über die Lippe und spürte, daß die Blicke der ganzen Gruppe auf mir ruhten.

»Nur einer: Ich liebe ein Mitglied der Flüchtlingsgruppe ... das Mädchen.«

»Ach ja? Als wenn mir das sonderlich neu wäre!« feixte Aahz und zwinkerte mir zu.

»Du hast es gewußt?«

»Wir haben es alle gewußt. Wir haben sogar gerade eben noch darüber diskutiert. Vergiß nicht, wir kennen dich alle ... und ich kenne dich wahrscheinlich am besten. Die Sache ist so gut wie beschlossen, wir werden dein Liebchen laufenlassen. Nimm's als Geschenk von uns für dich. Die beiden anderen gehören uns.«

Noch vor fünf Minuten hätte mich diese Mitteilung in einen Glückstaumel versetzt. Doch nun schien sie alles nur noch komplizierter zu machen.

»Aber Chumly hat gerade gemeint, daß sie ihr möglicherweise etwas antun, wenn sie herausbekommen, daß sie uns geholfen hat«, erklärte ich voller Verzweiflung. »Können wir sie denn nicht einfach alle laufenlassen?«

»Keine Chance, Partner«, sagte Aahz mit fester Stimme. »Abgesehen von unseren ursprünglichen Gründen, die dagegen sprechen, hast du gerade selbst noch einen weiteren Grund hinzugefügt. Deine Freundin könnte in Schwierigkeiten stecken, und die einzige Möglichkeit, sicherzugehen, daß ihr nichts passiert, besteht darin, ihre Partner zu beseitigen ... und zwar schnell.«

»Glaub ihm, Skeeve«, mahnte Tanda. »Es mag zwar nicht gerade besonders schön sein, aber es ist die beste Methode.«

»Wirklich, Boß«, meldete sich Guido jetzt leise zu Wort. »Wenn wir die Sache nicht hier und jetzt geradebiegen, kannst du nie sicher sein, daß ihr nichts passiert ist, wenn du verstehst, was ich meine.«

Das leuchtete mir fast ein, dennoch blieb ich beunruhigt. »Ich weiß ja nicht, Aahz ...«

»Ich aber!« fauchte mein Partner. »Und je länger wir hier rumstehen, desto größer werden die Chancen, daß sie entweder abhauen oder uns eine Falle stellen. Wenn du immer noch unentschlossen bist, dann bleib hier unten ... eigentlich sowieso keine schlechte Idee. Massha, du bleibst mit ihm hier unten für den Fall, daß sie versuchen sollten, hier rauszukommen. Und haltet die Augen nach den Zeugen offen, die Vilhelm uns schicken soll. Tanda, du, Chumly und Guido, ihr kommt mit mir. Das ist eine Angelegenheit für erfahrene alte Hasen. Pepe, deine Hilfe in Ehren, aber dieser Kampf hier geht dich ja eigentlich nicht unbedingt etwas an.«

»Abärr natürlisch!« Der Werwolf grinste. »Außerdem bin isch ein Lieb'abärr und kein Kämpfärr. Also isch warte 'ier unten und schau mir an das Finale, eh?«

»Aber Aahz ...«

»Ehrlich, Partner, hier unten bist du uns eine viel größere Hilfe. Das ist nicht deine Art von Kampf, und wir brauchen jemanden, der sich um die Zeugen kümmert. So was kannst du gut.«

»Ich wollte dich fragen, ob du Vilhelm eigentlich schon das Signal gegeben hast?«

»Das Signal?« blinzelte Aahz. »Wir wär's denn hiermit als Signal?«

Mit diesen Worten riß er sich die Perücke vom Kopf und warf sie auf den Boden, um dann mit seinem Kleid dasselbe zu tun.

»Da sagst du was!« krähte Guido.

Blitzartig hatte er seinen Mantel heruntergerissen und schlüpfte bereits in seinen inzwischen wohlvertrauten Trenchcoat.

»Wo kommt der denn her?« wollte ich wissen.

»Den hatte ich die ganze Zeit dabei«, erwiderte mein Leibwächter selbstzufrieden. »Das wäre mir sonst so vorgekommen, als hätte ich einen alten Freund zurückgelassen.«

»Na, wenn du und dein alter Freund endlich fertig seid«, murmelte Tanda, »dann sollten wir uns lieber mal an die Arbeit machen.«

»Dich juckst es wohl in den Fingern?« fragte Aahz grinsend.

»Nein. Mir steht eher der Sinn danach, endlich von der Straße zu verschwinden«, meinte sie. »Seit ihr Jungs die Flagge gehißt habt, ziehen wir nämlich eine ganze Menge Zuschauer an.«

Tatsächlich hatten die Vampire auf der Straße alles stehen und liegen lassen, um sich zu kleinen Gruppen zu formieren, miteinander zu flüstern und auf uns zu zeigen.

»Ähhh … wir sollten die Sache besser schnell hinter uns bringen«, sagte Aahz und warf einen nervösen Blick in die Runde. »Also los, Jungs! Ran an die Buletten!«

»Ran an die was?« fragte ich, doch da verschwanden sie auch schon im Gebäudeinnern.

Ich bemerkte, daß sie sich viel schneller bewegten als gewöhnlich. Ich bemerkte aber auch, daß Massha, Pepe und ich die einzigen von uns waren, die sich noch auf der Straße befanden … und nun begann die Menge, mit Fingern auf uns zu zeigen!

XVIII

»Ich bin schließlich nicht den ganzen Weg hierher gekommen, um dann den Kampf einfach bloß auszusitzen.«

Rambo

»Was ist denn eigentlich los?«

Ich drehte mich um und stellte fest, daß einer der Vampire sich von seinen Freunden gelöst hatte und zu uns herübergekommen war. Er hatte mich direkt angesprochen.

»Keine Ahnung«, mischte sich Massha ein. »Gerade ist ein Haufen Außenweltler in das Gebäude da eingedrungen, und zwar mit blutunterlaufenen Augen. Ich möchte zu gern sehen, was als nächstes passiert.«

»Wahnsinn!« hauchte der Vampir und starrte auf den Bau. »Hab noch nie so viele Außenweltler auf einen Haufen gesehen, höchstens im Kintopp. Der eine von ihnen, war das nicht Aahz, der entflohene Mörder?«

Ich wollte wirklich nicht, daß dieser Typ sich unserer kleinen Gruppe anschloß. Während unsere Tarnung bei oberflächlicher Betrachtung anscheinend zu wirken schien, war ich mir doch ziemlich sicher, daß eine genauere Untersuchung nicht nur ergeben würde, daß Massha und ich ebenfalls Außenweltler waren, sondern auch, daß wir es zu verbergen suchten.

»Vielleicht hast du recht«, sagte ich, einer Eingebung folgend. »Wenn dem wirklich so sein sollte, dann ist es gut, daß du gekommen bist. Wir werden jede nur erdenkliche Hilfe brauchen können.«

»Hilfe? Hilfe wobei?«

»Na, um den Mörder einzufangen, natürlich. Wir können ihn doch unmöglich wieder entkommen lassen. Ich finde, es ist unsere Pflicht, ihn selbst festzunehmen oder ihn wenigstens so lange aufzuhalten, bis die Behörden jemanden schicken.«

»Wir? Du meinst, ihr drei? Ihr wollt ganz allein einen Mörder aufhalten?«

»Vier, jetzt, wo du auch noch da bist.«

Der Vampir begann, zurückzuweichen.

»Ähhhh ... eigentlich muß ich zu meinen Freunden zurück. Wir sind unterwegs zu einer Party. Tut mir leid, daß ich euch nicht helfen kann, aber ich werde rumerzählen, daß ihr noch Freiwillige sucht, in Ordnung?«

»Ja, und danke auch!« rief ich, als würde ich ihm glauben. »Wir werden hier an dieser Stelle warten.«

Als ich geendet hatte, war er auch schon in der Menge verschwunden. Fall erledigt.

»Nette Arbeit, mein Freund«, murmelte Pepe. »Er will sisch nischt, wie sagt man, mit reinziehen lassänn, nein?«

»Genau«, sagte ich, den Blick wieder auf das Gebäude heftend. »Und ehrlich gesagt bin ich selbst auch nicht so fürchterlich erpicht darauf. Was meinst du, Massha? Ist verdammt still da drin.«

»Kann man wohl sagen«, pflichtete mir mein Lehrling bei. »Ich versuche gerade, rauszukriegen, ob das ein gutes oder ein schlechtes Zeichen ist. Noch zehn Minuten, dann gehe ich rein um selbst nachzusehen.«

Ich nickte, wenngleich ich bezweifelte, daß sie es bemerkte. Wir starrten beide wie gebannt auf das Haus und prägten uns dabei jede Einzelheit ein.

Es war ein vierstöckiges Gebäude ... das wäre es jedenfalls gewesen, hätte es da nicht noch diese geschwungene Spitze geben, die aus dem Dach emporragte und selbst noch einmal halb so hoch war wie der ganze Bau. Es sah so aus, als hätte der Erbauer das Haus in letzter Minute noch ausschmükken wollen, damit es genauso hoch oder noch höher als die Nachbargebäude erschien. Der Anzahl der Fenster im Hauptbau nach zu urteilen, mußte es sich um ein Appartementhaus, ein Hotel oder etwas Ähnliches handeln. Kurzum, es sah so aus als hätte es eine Menge Zimmer. Ich ertappte mich bei der Überlegung, wie unsere Einsatztruppe ihr Ziel ausfindig machen sollte, ohne jede einzelne Tür einzutreten ... eine Vorgehensweise, die ich Aahz durchaus zutraute.

Gerade wollte ich Massha von meinen Befürchtungen berichten, als im Innern des Gebäudes ein lautes Krachen ertönte.

»Was war denn das?« fragte ich, an niemand bestimmten gewandt.

»Hat sich angehört wie ein lautes Krachen«, erklärte mein Lehrling hilfsbereit.

Ich zwang mich dazu, mich daran zu erinnern, daß niemand von uns hier draußen mehr darüber wissen konnte, was im Innern des Hauses vor sich ging, als ich selbst.

Nach dem Krachen wurde es wieder ruhig. Ich versuchte, mir einzureden, daß das Geräusch vielleicht gar nichts mit unserem Stoßtrupp zu tun hatte, aber ich glaubte nicht eine Minute daran. Die Menge tuschelte erregt und versuchte angestrengt, in die vielen verschiedenen Fenster hineinzublicken. Die Leute schienen zuversichtlich zu sein, daß bald irgend etwas geschehen würde, viel zuversichtlicher als ich, doch waren sie als Bewohner dieser Stadt ja vielleicht an solche nächtlichen Wachen eher gewöhnt als ich.

Plötzlich erschien Tanda im Hauseingang.

»Sind sie hier rausgekommen?« rief sie uns fragend zu.

»Hier ist niemand rausgekommen oder reingegangen, seit ihr verschwunden seid«, erwiderte ich.

Sie fluchte und machte sich daran, wieder im Gebäude zu verschwinden.

»Was ist denn passiert?« rief ich voller Verzweiflung.

»Einen haben wir festgenagelt, aber Vic ist uns entkommen. Er läuft irgendwo im Gebäude herum, und er hat das Mädchen dabei.«

Dann war sie auch schon wieder verschwunden, bevor ich weitere Fragen stellen konnte.

Wunderbar!

»Aufregent, ist es nischt?« meinte Pepe. »Isch sage dir, eine solsche 'etzjagd könnte isch mirr stündenlang anse'en.«

»Ich aber nicht!« fuhr ich ihn an. »Mir reicht es, hier als Linienrichter rumhängen zu müssen. Massha? Ich gehe rein. Willst du mitkommen?«

»Ich weiß nicht, Heißmatz. Ich würde schon ganz gerne, aber irgend jemand sollte diesen Fluchtweg schon versperren.«

»Prima. Dann wartest du hier, während ich …«

Ich drehte mich um, und wollte soeben Gebäude betreten, da rannte ich geradewegs in Vilhelm hinein.

»Was machst du denn hier?« fragte ich, obwohl es mir im Grunde völlig egal war.

Der Verschicker schüttelte den Kopf, um ihn wieder klar zu bekommen. Da er der Kleinere war, hatte ihm der Zusammenprall schlimmer zugesetzt als mir.

»Ich bin mit den Zeugen hier, hast du das vergessen? Ich sollte doch welche mitbringen.«

»Du solltest sie eigentlich nur *schicken*. Na, egal, wo sind sie denn?«

»Hier«, sagte er und deutete auf eine trübe Gruppe von Vampiren, die hinter ihm standen. »Das sind Kirby und Paul, Richard und Adele und Scott ... einige der geachtetsten Bürger der Stadt. Wenn du die überzeugen kannst, stehen euch alle Wege offen.«

Während ich die Gruppe musterte, begriff ich plötzlich, wie Aahz in der Todeszelle hatte landen können. Wenn die Jury auch nur annähernd aus Exemplaren wie diesen hier bestanden hatte, dann hätten sie wahrscheinlich ihre eigene Mutter wegen verkehrswidriger Straßenüberquerung aufgehängt. Wenngleich mir der Gedanke, sie überhaupt von irgend etwas überzeugen zu müssen, gar nicht behagte, stellte ich fest, daß ich heilfroh darüber war, daß ich mit ihnen nicht auf gewöhnlicher Basis verhandeln mußte.

»Schön, wir sind also da«, sagte der Vampir namens Kirby. »Und was genau sollen wir hier nun bezeugen? Wenn das mal wieder eine von deinen Wahnwitznummern sein sollte, Vilhelm ...«

Ich unterbrach ihn einfach, indem ich die Sonnenbrille abnahm und meine Augen weit öffnete, um das Weiße zu zeigen. Der schlechte Ruf, den Menschen in dieser Dimension genossen, genügte, um ihre ungeteilte Aufmerksamkeit auf mich zu ziehen.

»Vielleicht erinnert ihr euch noch an einen gewissen Mordprozeß, der vor gar nicht langer Zeit hier stattgefunden hat?« fragte ich und versuchte dabei, die Zahnschwärze mit der Zunge abzureiben. »Nun, der überführte Mörder, der aus dem Gefängnis ist, ist mein Partner und befindet sich in dem Gebäude da. Er und ein paar unserer Freunde sind gerade dabei, euch einen erstaunlich quicklebendigen Leichnam vorzuführen ... genaugenommen den Burschen, den mein Partner angeblich ermordet haben soll. Ich schätze, das wird doch wohl genügen, um euch von seiner Unschuld zu überzeugen?«

Obwohl die Vampire von meiner Gegenwart überrascht waren, erholten sie sich doch recht schnell wieder von ihrem Schock. Wie ich schon sagte, es waren wirklich harte Burschen, die man nicht lange beeindrucken konnte.

»Und wie lange soll das dauern?« fragte Kirby ungeduldig. »Schließlich opfere ich dafür meinen Schlaf, und davon bekomme ich auch so schon nicht besonders viel.«

Das war eine gute Frage, und da ich keine Antwort darauf wußte, versuchte ich, Zeit zu schinden.

»Du schläfst nachts? Ich dachte ...«

»Ich bin eine Tageule«, winkte der Vampir ab. »Es ist leichter, mein Arbeitspensum zu bewältigen, wenn das Telephon nicht alle fünf Minuten klingelt ... und das bedeutet, daß ich besser solange warte, bis alles schläft. Aber wir kommen vom Thema ab. Auf jeden Fall ist meine Zeit kostbar, und das gilt auch für meine Kollegen hier. Wenn du glauben solltest, daß wir hier einfach nur herumstehen werden, bis ...«

Plötzlich erscholl ein Schrei aus der Menge, und als wir uns umdrehten, stellten wir fest, daß alle aufgeregt miteinander sprechen und zum Dach emporzeigten.

Dort war eine Gestalt zum Vorschein gekommen und kämpfte sich über die steile Schräge, ein zappelndes Mädchen mit einer Hand hinter sich her ziehend.

Vic!

Das war das erste Mal, daß ich meinen Widersacher genauer betrachten konnte, und ich war einigermaßen überrascht. Er war jünger, als ich erwartet hatte, kaum älter als ich, und anstelle eines finsteren Umhangs trug er einen weißen Rollkragenpullover und eine Sonnenbrille. Mir fiel plötzlich ein, daß eine Sonnenbrille, die es mir ermöglichte, mich unbemerkt unter Vampiren zu bewegen, es umgekehrt einem Vampir erlauben würde, unter Menschen unerkannt zu bleiben.

Der Vampir blieb plötzlich stehen, als Tanda ihm den Weg blockierte. Wie durch Magik war sie plötzlich an der Dachkante erschienen. Er wollte umkehren, doch da entdeckte er Aahz, Guido und Chumly, die hinter ihm ins Freie getreten waren und ihm den Rückweg versperrten.

»Ich glaube, meine Damen, meine Herren, daß dies dort oben der flüchtige Leichnam ist, mit dem die ganze Sache angefangen hat«, hörte ich mich selbst sagen. »Wenn ihr noch einen Augenblick eurer Zeit opfern könntet, werden *meine* Kollegen ihn schon bald festgenommen haben, auf daß ihr ihn nach Belieben verhören könnt.«

»Da sei dir mal nicht so sicher, Heißmatz!« warnte Massha. »Schau!«

Nachdem man ihm seine eigentlichen Fluchtwege abgeschnitten hatte, kletterte Vic nun die Dachschräge selbst empor, Luanna fest im Griff. Ich mußte zwar seine Kraft bewundern, verstand aber nicht, was er mit diesem Manöver bezweckte. Es war doch offensichtlich, daß er entlarvt worden war, warum gab er dann nicht einfach auf?

Die Antwort kam wenige Augenblicke später. Als er die Dachspitze erreicht hatte, vollzog der Vampir eine grausige Verwandlung: Noch bevor der Stoßtrupp ihn erreichen konnte, beugte er sich vor und bekam riesige Fledermausflügel, die aus seinem Rükken wuchsen und sich ausbreiteten. Da sein Plan durchkreuzt worden war, versuchte er er nun auf diese Art.

Sofort holten Tanda und Guido Projektilwaffen hervor und riefen ihm etwas zu. Ich war zwar zu weit entfernt, um die Worte genau zu verstehen, aber es war mir klar, daß sie ihm drohten, ihn abzuschießen, wenn er versuchen sollte, durch die Luft zu entkommen.

»Vielleicht bekommen wir ja doch noch einen Mordfall«, murmelte Kirby und blickte mit zusammengekniffenen Augen zu dem Drama empor, das sich gerade auf dem Dach abspielte.

»Mord?« rief ich und drehte mich zu ihm um. »Wie kann man so was Mord nennen, wenn sie doch versuchen, vor *eurer* Justiz zu fliehen?«

»Das habe ich gar nicht gemeint«, erwiderte der Vampir, ohne den Blick vom Geschehen abzuwenden. »Sieh doch selbst.«

Ich sah … und mir blieb das Herz stehen.

Aahz hatte versucht, das Steildach emporzuklettern, um sich näher an Vic und seine Geisel heranzuarbeiten. Vic mußte ihn bemerkt haben, denn nun hielt er Luanna über den Dachrand, während er zornig mit einem Finger auf meinen Partner zeigte. Die Drohung war unmißverständlich.

»Weißt du, es sind Leute wie ärr, die den Vampiren einen schlechten Rüf eintragen, eh?« meinte Pepe und knuffte mich in die Seite.

Ich ignorierte ihn, wie benommen vor Wut und Verzweiflung angesichts dieser Situation. Doch ein weitaus herzhafterer Rippenstoß von Massha unterbrach meine Gedanken.

»He, Heißmatz. Siehst du, was ich sehe?«

Ich riß meinen Blick von dem Kampf auf dem Dach los und richtete Augen kurz auf meinen Lehrling. Massha stand reglos da, die Stirn vor Konzentration gefurcht, die Augen geschlossen.

Es dauerte einige Augenblicke, bis ich begriff, was sie da tat, dann schloß ich mich ihr an.

Das war es! Eine Kraftlinie! Eine große, starke, wunderschöne, wunderbare Kraftlinie.

Ich hatte mich schon so daran gewöhnt, keine magische Energie mehr zur Verfügung zu haben, daß ich mir nicht einmal die Mühe gemacht hatte, das nachzuprüfen.

Ich öffnete mich der Energie und genoß sie einen flüchtigen Augenblick, um sie dann zu kanalisieren.

»Entschuldige mich«, sagte ich lächelnd und reichte Kirby meine Sonnenbrille. »Es wird langsam Zeit, daß ich hier direkt eingreife.«

Mit diesen Worten ließ ich meinen Geist ausfahren, drückte gegen den Boden und schoß in die Höhe, mit Kurs auf den ich die Enge getriebenen Vampir aus dem Dach.

XIX

»Also gut, Kleiner, das hier ist eine Sache ganz allein zwischen uns beiden.«

Goliath

Ich hatte gehofft, mich Vic unbemerkt nähern zu können, doch als ich emporflog, stieß die Menge einen gewaltigen Schrei aus, der die Aufmerksamkeit der Kämpfenden auf dem Dach auf mich lenkte. Klasse! Wenn ich mal unauffällig sein wollte, wurde ich sofort berüchtigt!

Als ich auf gleicher Höhe mit dem Vampir war, hielt ich mich in sicherem Abstand.

»Packt die Ballermänner weg«, rief ich Tanda und Guido zu. »Durch die Luft entkommt er jetzt nicht mehr.«

Sie blickten zwar ein wenig rebellisch drein, befolgten jedoch meinen Befehl.

»Was soll denn jetzt diese Peter-Pan-Nummer, Partner?« rief Aahz mir zu. »Hast du gerade Frühlingsgefühle, oder endlich eine Kraftlinie aufgestöbert?«

»Beides.« Ich winkte ihm zu und richtete meine Aufmerksamkeit auf Vic.

Obwohl seine Augen von einer Sonnenbrille verdeckt waren, spürte ich, wie mich sein haßerfüllter Blick bis auf die Knochen durchbohrte.

»Warum einigen wir uns nicht auf unentschieden?« sagte ich in einem, wie ich hoffte, ruhigen, besänftigenden Ton. »Es ist aus. Wir haben dich eingekesselt.«

Einen Augenblick schien er zu schwanken. Dann schleuderte er Luanna ohne jede Vorwarnung gegen Aahz.

»Warum laßt ihr mich nicht alle einfach in Ruhe?« schrie er und schwang sich vom Dach.

Aahz schaffte es irgendwie, das stürzende Mädchen zu packen, doch verlor er dabei den Halt und fiel rücklings mit ihr die Dachschräge hinab, wobei er den Aufprall mit seinem Körper abfing.

Ich zögerte, hin und her gerissen zwischen dem Impuls, mich von Luannas Wohlergehen zu überzeugen und die Verfolgung Vics aufzunehmen.

»Los, hol ihn dir schon!« rief mein Partner. »Wir sind in Ordnung.«

Mehr Ansporn brauchte ich nicht. Ich wirbelte herum und jagte dem fliehenden Vampir nach.

Was nun folgte, war eine der interessanteren Erfahrungen in meiner beschränkten magischen Karriere. Wie ich bereits erwähnte, ist meine Form des magischen Fliegens in Wirklichkeit kein richtiges Fliegen, eher eine kontrollierte Eigenlevitation. Das machte aus einer begeisterten Verfolgungsjagd durch die Luft eine echte Herausforderung für meine Fähigkeiten. Wie um ein Gleichgewicht zu diesem Problem zu schaffen, konnte Vic jedoch auch nicht richtig fliegen – jedenfalls schien er nie mit den Flügeln zu schlagen. Statt dessen genügte es ihm anscheinend, im Gleitflug dahinzuschweben und gelegentlich einen Aufwind auszunutzen. Das zwang ihn, unentwegt Kreise zu fliegen und immer wieder fast denselben Abschnitt zu durchqueren. Das war mir ganz recht, da ich mich nicht allzu weit von der energiespendenden Kraftlinie entfernen wollte, nun da ich endlich eine entdeckt hatte. Der Gedanke, in fünfzig Fuß Höhe plötzlich keine magische Kraft mehr zu besitzen, behagte mir nicht im mindesten.

Jedenfalls entwickelten wir schon bald einen merkwürdigen Flugstil, wobei Vic durch kreisförmige Bahnen zu fliehen versuchte, während ich mich abmühte, ihn durch vertikale und horizontale Flugmanöver abzufangen. Es bedarf wohl keiner besonderen Erwähnung, daß dieser Konflikt nicht eben schnell gelöst wurde. Sobald ich ein Manöver entwikkelt hatte, das mir beim nächstenmal ein Abfangen des Vampirs ermöglicht hätte, erkannte Vic die Gefahr, in der er sich plötzlich befand, und änderte sein Bewegungsmuster, so daß ich erst seinen neuen Kurs berechnen mußte.

Die Menge genoß es in vollen Zügen.

Sie juchzte und schrie, und ihre ermutigenden Schreie klangen abwechselnd laut und leise, je nachdem, welche Flughöhe wir gerade hielten. Es ließ sich allerdings unmöglich feststellen, wem sie eigentlich zujubelten, obgleich ich eine Weile glaubte, daß ich es sei, was angesichts der Begeisterung, die sie bei meinem ersten Eingriff ins Getümmel geäußert hatten, auch naheliegend war. Doch dann fiel mir auf, daß die Menge inzwischen erheblich größer geworden war als zu Anfang, da ich mich eingeschaltet hatte, und mir wurde klar, daß viele der Zuschauer gar nicht dabeigewesen war. Für diese sah es wahrscheinlich so aus als würde einer der ihren von einem Ungeheuer aus anderen Dimension durch die Luft gejagt.

Dieser Gedanke war so beunruhigend, daß ich einen Teil meiner Aufmerksamkeit darauf konzentrierte, die umliegenden Dächer im Auge zu behalten, für den Fall, daß dort vielleicht ein Heckenschütze lauern mochte, um seinem Landsmann zu Hilfe zu eilen. Das erwies sich als die klügste Entscheidung, die ich bisher getroffen hatte.

Als ich gerade über die Schulter sah, prallte ich mit voller Wucht gegen Vic, der soeben seine Flugbahn zum zweitenmal durchflog. Wahrscheinlich hätte dieser Scheinangriff seinen Zweck erfüllt, wenn ich ihn gesehen hätte, doch so prallten wir mit Höchstgeschwindigkeit ineinander, und der Zusammenstoß betäubte uns beide für einen Augenblick. Es gelang mir jedoch, den Rollkragen des Vampirs zu ergreifen, während wir zehn Fuß in die Tiefe stürzten, bevor ich meine Levitationskraft so ausweitete, daß sie unser beider Gewicht tragen konnte.

»Was ist denn los mit dir?« fragte ich und versuchte, ihn zu schütteln, was allerdings nur dazu führte, daß wir in der Luft hin und her pendelten. »Weglaufen nützt doch nichts.«

Da bemerkte ich, daß Vic weinte.

Irgendwie erschien mir dies fürchterlich unfair. Ich meine, wie soll man denn auf einen Bösewicht noch wütend sein, wenn er anfängt zu weinen? Na schön, bin ich eben ein Weichspüler. Aber das Weinen machte wirklich einen Unterschied.

»Ich kann nicht gegen euch alle kämpfen!« schluchzte er, und die Tränen strömten ihm über die Wangen. »Wenn ich etwas von Magik verstünde, könnte ich vielleicht einen von euch mit hopsgehen lassen ... aber um mich umzubringen, mußt du dich trotzdem verdammt anstrengen!«

Damit riß er sich von mir los und schoß wieder davon.

Seine Worte verblüfften mich derart, daß ich ihn beinahe hätte entkommen lassen. Glücklicherweise war ich geistesgegenwärtig genug, ihm etwas nachzurufen.

»He, Blödmann! Kein Mensch versucht, dich umzubringen!«

»Na klar«, rief er zurück. »Du bist ja auch bloß zum Spaß hier oben!«

Er nahm langsam wieder Kurs auf die Straße, und ich wußte, daß ich nur noch einen einzigen Versuch hatte.

»Hör mal! Würdest du aufhören, abzuhauen, wenn ich aufhörte, dir nachzujagen? Ich glaube, hier liegt ein gewaltiges Mißverständnis vor.«

Er warf einen Blick hinter sich und stellte fest, daß ich mich noch immer am Ort unseres Zusammenstoßes befand. Er änderte seinen Kurs geringfügig, breitete die Schwingen aus und landete auf einem geschnitzten Wasserspeier, der direkt aus einer Gebäudewand hervorragte.

»Warum willst du mit mir sprechen?« rief er und wischte sich mit der Hand über das Gesicht. »Ich dachte, ich könnte ohnehin nichts sagen, was dich umstimmen würde.«

»Du würdest staunen!« schrie ich zurück. »Sag mal, hättest du was dagegen, wenn ich auf der Mauerkante neben dir landete? Ich komme mir ziemlich albern vor, hier einfach so herumzuhängen.«

Er musterte die Kante, auf die ich zeigte, und ich sah, wie seine Flügel nervös zuckten.

»Komm schon!« hakte ich nach. »Ich wäre weiter von dir entfernt als vorhin, als wir diese Hetzjagd vom Dach aus begonnen haben. Du könntest immer noch mühelos davonschießen, wenn ich irgendein krummes Ding versuchen sollte.«

Er zögerte, dann nickte er zustimmend.

So langsam wie möglich, um ihn nicht zu beunruhigen, manövrierte ich mich auf meinen neuen Sitzplatz. Ehrlich gesagt war ich heilfroh, wieder etwas festen Boden unter den Füßen zu haben. Selbst wenn man dabei Magik einsetzt, kann einen das Fliegen doch ganz schön viel Kraft kosten, und ich war erleichtert über die Verschnaufpause. Nun, da ich nähergekommen war, konnte ich erkennen, daß Vic selbst auch ganz schön keuchte. Anscheinend war seine Art des Fliegens auch nicht gerade ein Zuckerschlecken.

»Also gut«, begann ich in ziemlich lässigem Plauderton, »dann fangen wir doch gleich mal mit dem Nächstliegenden an. Wer behauptet denn, daß wir dich umbringen wollen?«

»Matt sagt das«, erwiderte der Vampir. »Der hat mir von dir und deinem Hausdämon erzählt. Um ehrlich zu sein, ich hatte noch nie von euch gehört, bis Matt mir erklärte, in wessen Haus wir da geraten waren.«

»Matt?« Ich runzelte die Stirn.

Dann fiel es mir wieder ein. Natürlich! Das dritte Mitglied der Flüchtlingsgruppe. Luannas alter Schwindelpartner, den niemand auch nur im geringsten beachtet hatte. In meinem Kopf begann eine Idee zu keimen.

»Und der behauptet, daß wir dich töten wollen?«

»Genau. Er sagt, daß niemand dem Großen Skeeve in die Quere kommen oder ihn zum Narren halten darf, ohne dabei zu sterben ... und dein Haus als Fluchtpunkt zu benutzen, gehört ganz eindeutig zu diesen Vergehen.«

Schon wieder die Sache mit meinem Ruf. Langsam fing ich an zu begreifen, warum so viele Magiker es vorzogen, als Einsiedler zu leben.

»Das ist doch verrückt, Vic«, sagte ich. »Wenn ich

versuchte, jeden umzubringen, der mich mal zum Narren gehalten hat, würde ich bis über beide Ohren in Leichen stehen.«

»Ach ja?« schoß er zurück. »Na, wenn du nicht vorhast, mich umzubringen, warum hast du mir dann deinen Hausdämon auf den Hals gehetzt?«

Trotz meines Vorsatzes, die Angelegenheit gütlich zu regeln, wurde ich doch langsam etwas gereizt.

»Also erstens ist er nicht mein Hausdämon, sondern mein Partner, und sein Name ist Aahz. Zweitens habe ich ihn dir nicht auf den Hals gehetzt. Er hat mich bewußtlos geschlagen und ist selbst aus freien Stücken hinter dir her gejagt. Drittens und letztens hatte er es nie darauf abgesehen, dir den Garaus zu machen. Er wollte dich und deine Begleiter lediglich zurück nach Tauf bringen, damit wir nicht die Leute auszahlen müssen, die ihr übers Ohr gehauen habt. Kapierst du, was ich sage, oder rede ich zu schnell für dich?«

»Aber ich habe doch überhaupt niemanden übers Ohr gehauen!« protestierte der Vampir. »Die beiden haben mir einen Job angeboten, bei dem ich ihnen behilflich sein sollte, magische Talismane zu verkaufen. Ich wußte gar nicht, daß die Dinger unecht waren, bis Matt erzählte, daß die Kunden wütend seien und wir fliehen mußten. Ich schlug vor, uns hier zu verstecken, weil dies der einzige Ort ist, den ich außer dem Bazar noch kenne.«

»Na klar«, meinte ich und studierte dabei den Himmel. »Als nächstes wirst du wahrscheinlich noch behaupten, daß du meinen Partner nicht in den Knast gebracht und auch keinen Alarm geschlagen hast, als wir versucht haben, ihn wieder zu befreien.«

Vic ließ Flügel und Kopf hängen.

»Das kann ich nicht leugnen ... aber ich hatte

schließlich auch Angst! Ich habe den Dämon ins Gefängnis gebracht, weil es die einzige Methode war, ihn für eine Weile loszuwerden, die mir einfiel. Ich habe wirklich geglaubt, daß er sich selbst befreien könnte, und als ich dich bei den Kläffern sah, wußte ich, daß er entkommen würde. Alarm geschlagen habe ich, weil ich hoffte, daß man euch festnehmen und lange genug festhalten würde, um uns den nötigen Vorsprung zu verschaffen. Im nachhinein waren das wohl alles ziemlich fiese Manöver, aber was würdest *du* denn tun, wenn dir eine Meute Killerdämonen auf den Fersen wäre?«

Das war nun eine Sprache, die ich verstand. Chumlys Satz über die Ähnlichkeit zwischen Vic und mir hallte mir in den Ohren. Ich hatte selbst schon in einigen ziemlich haarigen Situationen improvisieren müssen.

»Einen Augenblick mal!« grollte ich. »Da wir schon von Killerdämonen reden – was war denn das vorhin, als du Luanna über die Gebäudekante gehalten hast?«

»Das war doch nur ein Bluff«, meinte der Vampir achselzuckend. »Deine Freunde haben gedroht, mich abzuschießen, wenn ich versuchen sollte, davonzufliegen, und das war das einzige Abschreckungsmittel, das mir in den Sinn kam. Ich würde nie jemandem absichtlich weh tun ... schon gar nicht Luanna. Sie ist wirklich lieb. Deshalb habe ich ja auch versucht, ihr zur Flucht zu verhelfen, nachdem sie Matt erwischt hatten.«

Das brachte mich auf eine Frage, die mich schon seit dem Beginn dieser wilden Verfolgungsjagd beschäftigt hatte.

»Wenn ich das mal fragen darf, warum hast du dich denn nicht einfach in Nebel verwandelt und bist davongeschwebt? Dann hätten wir dich doch nie gekriegt.«

Vic stieß ein kurzes, bitteres Lachen aus.

»Weiß du, wie schwer es ist, sich in Nebel zu verwandeln? Na ja, du bist ein Zauberer, vielleicht weißt du es doch nicht. Jedenfalls kannst du ruhig die Wahrheit erfahren. Was Magik anbelangt, habe ich nicht sehr viel drauf ... genaugenommen bin ich als Vampir eine ziemliche Niete. Ich kann mich ja noch nicht einmal richtig in eine Fledermaus verwandeln! Diese Flügel hier sind das Beste, was ich zustande bringe. Deshalb war ich auch im Bazar, weil ich dort ein neues Leben anfangen wollte. Lieber bin ich auf irgendeinem anderen Gebiet erstklassig als ein drittklassiger Vampir. Ich meine, ich mag ja nicht mal Blut!«

»Du solltest mal meinen Leibwächter kennenlernen.« Ich mußte plötzlich grinsen. »Das ist ein Gangster, der gegen Knoblauch allergisch ist.«

»Knoblauch? Ich liebe Knoblauch.«

Ich sperrte den Mund auf und hätte ihm beinahe Guidos Posten angeboten, doch dann schloß ich ihn hastig wieder. Wenn dieser Bursche auch nur halb so verzweifelt war, wie er sich anhörte, würde er mein Angebot wahrscheinlich sogar annehmen, und was würde ich dann machen? Das hätte uns in unserer Manege gerade noch gefehlt, ein magikarmer Vampir!

»Nun«, sagte ich statt dessen, »damit wären meine Fragen wohl alle beantwortet, bis auf eine. Jetzt, wo du weißt, daß wir dich nicht umbringen wollen, bist du da bereit, nicht länger wegzurennen und dich der Situation zu stellen?«

Der Vampir nagte nachdenklich an seiner Unterlippe.

»Bist du sicher, daß die Sache glimpflich ausgeht?«

»Das kann ich erst genau sagen, wenn ich mit meinem Partner gesprochen habe«, gab ich zu, »aber ich glaube schon, daß sich die Sache hinbiegen läßt. Das Hauptproblem besteht darin, seine Mordanklage wieder loszuwerden ... und ich schätze, das haben wir bereits geschafft. Und was dich angeht, so könnte man dir allenfalls falsche Anschuldigung anlasten, aber in dieser Sache wird Aahz auf keinen Fall juristisch Druck ausüben können.«

»Warum nicht?«

Ich gewährte ihm mein breitestes Grinsen.

»Weil wir dich, wenn er es täte, nicht nach Tauf zurückbringen könnten, um dich dort wegen der Betrugsanklage auszuliefern. Glaub mir, wenn er die Wahl hat zwischen Rache und Sparen, dann kannst du dich darauf verlassen, daß Aahz stets Milde walten läßt.«

Darüber dachte Vic eine Weile nach. Schließlich zuckte er die Schultern.

»Mit peinlichen Situationen bin ich vertraut, und ich glaube, diese Betrugsgeschichte könnte ich schon irgendwie wieder geradebiegen. Komm schon, Skeeve. Bringen wir die Sache hinter uns.«

Nachdem wir also einen Waffenstillstand, so unbeständig er auch sein mochte, geschlossen hatten, schwebten wir in die Tiefe, um uns der Menge zu stellen.

XX

»Ende gut, alles gut!?«

M. Ende

»Aber Skeeve ...«

PENG!

»... ich habe es dir doch schon einmal gesagt ...«

PENG! PENG!

»... ich könnte Matt niemals verlassen ...«

PENG! PENG!

»... er ist doch mein Partner!«

PENG! PENG!

»Aber Lu ...«

PENG!

»... entschuldige mich kurz. HE, PARTNER! KÖNNTEST DU MAL FÜR EINE MINUTE DIESES HÄMMERN EINSTELLEN? ICH VERSUCHE HIER NÄMLICH GERADE EIN GESPRÄCH ZU FÜHREN!«

»Auf gar keinen Fall«, knurrte Aahz mit seinem Mund voll Nägeln. »Ich werde diese Tür ein für allemal schließen, bevor wieder irgendwas passiert. Aber weißt du was? Ich werde versuchen, leise zu hämmern.«

Wenn Sie daraus schließen, daß wir uns wieder in unserem Heim in Tauf befanden, dann haben Sie völlig recht. Nach einigen langen, anstrengenden Gesprächen mit den Einwohnern von Blut und nach einem herzlichen Abschied von Vilhelm und Pepe war unsere ganze Mannschaft, die drei Gefangenen eingeschlossen, zum Schloß zurückgekehrt und hatte ohne weitere Vorkommnisse die Tür durchschritten.

Ich hatte gehofft, ein paar Augenblicke mit Luanna allein sein zu können, doch das einzige, was ich nach mehreren Anläufen schließlich zustande gebracht hatte, war dieses Gespräch im Empfangsraum unter den wachsamen Blicken von Aahz und Matt.

Matt hatte sich übrigens als durch und durch unangenehmer Typ mit Spitznase, Akne, fliehender Stirn und den Anfängen eines Bierbauchs entpuppt. Mir wollte einfach nicht einleuchten, was Luanna an ihm finden mochte.

»Aber das war doch, als du noch glaubtest, er stecke in der Klemme«, setzte ich das Gespräch fort. »Aahz und ich haben bereits zugesagt, ihn *und* Vic zu verteidigen, wenn sie vor die Handelskammer zitiert werden. Es ist überhaupt nicht nötig, daß du auch noch für ihn einstehst.«

»Ich verstehe dich nicht, Skeeve«, meinte Luanna kopfschüttelnd. »Wenn ich Matt schon nicht verlassen wollte, als es ihm schlecht ging, warum sollte ich es dann jetzt tun, da alles danach aussieht, als würden sich die Dinge endlich wieder zum Besseren wenden? Ich weiß ja, daß du ihn nicht magst, aber zu mir war er bisher immer gut ... und ich bin ihm immer noch einiges schuldig, weil er mich von dem Bauernhof weggeholt hat.«

»Aber wir machen dir doch ein gutes Angebot«, versuchte ich es einmal mehr voller Verzweiflung. »Du kannst hierbleiben und für Aahz und mich arbeiten, und wenn du daran Interesse haben solltest, könnten wir dir sogar etwas echte Magik beibringen, damit du es nicht nötig hast ...«

Sie bremste mich, indem sie mir einfach die Hand auf den Mund legte.

»Ich weiß ja, daß es ein gutes Angebot ist, Skeeve, und es ist lieb von dir, es überhaupt auszusprechen. Aber vorläufig bin ich damit zufrieden, bei Matt zu bleiben. Vielleicht nehme ich es irgendwann in ferner Zukunft ja mal an, wenn ich dir im Gegenzug ein bißchen mehr bieten kann ... sofern dein Angebot dann noch bestehen sollte.«

»Na schön«, seufzte ich. »Wenn du das wirklich willst ...«

»He! Nimm's nicht so schwer, Kumpel!« lachte Matt und schlug mir mit der Hand auf die Schulter. »Manchmal gewinnt man, und manchmal verliert man eben. Diesmal hast du eben verloren. Kein Grund zur miesen Laune. Vielleicht hast du ja bei der nächsten mehr Glück. Wir sind doch beide Männer von Welt und wissen, daß eine Schnalle wie die andere ist.«

»Matt, *Kumpel«*, sagte ich durch zusammengepreßte Zähne hindurch, »nimm die Hand von meiner Schulter, sonst fehlt ihr nämlich gleich ein Körper!«

Wie gesagt, schon auf unserer kurzen Reise aus der Dimension Vorhölle zurück nach Hause war ich von Matt derart angewidert gewesen, daß ich mir nicht einmal mehr die Mühe machte, höflich zu sein oder meine Abneigung gegen ihn zu verbergen. Er ging mir mehr auf die Nerven als jeder, der mir bisher in meinem Leben begegnet war. Wenn dieser Kerl ein erfolgreicher Trickbetrüger war, der das Vertrauen wildfremder Kunden gewinnen konnte, dann war ich eine Maikönigin!

»Matt macht doch nur Spaß«, sagte Luanna besänftigend und stellte sich zwischen uns.

»Ich aber nicht!« fauchte ich. »Vergiß nicht – wenn

dir dieser Dreckskerl mal zum Hals heraushängen sollte, bist du hier jederzeit willkommen.«

»Och, ich glaube, wir werden noch ein ganzes Weilchen zusammenhängen«, meinte Matt höhnischgeifernd und klopfte Luanna leicht aufs Hinterteil. »Wenn ihr großen Nummern euch für uns einsetzt, sollten wir diese Betrugsanklage eigentlich abwimmeln können ... und selbst wenn wir verlieren – wen stört's? Dann muß ich ihnen lediglich ihre schäbigen zwanzig Goldstücke zurückzahlen.«

Aahz Hämmern hörte abrupt auf ... vielleicht war es aber auch mein Herz.

Ich versuchte vergebens, mir einzureden, daß ich ihn nicht richtig verstanden hatte.

»Zwanzig Goldstücke?« fragte ich schleppend.

»Klar. Hier im Bazar haben sie uns viel schneller erwischt, als ich erwartet hatte. Nicht mal für meine Maßstäbe war das hier ein fetter Fischzug. Ich kann es immer noch nicht begreifen, daß ihr großen Nummern euch wegen läppischer zwanzig Goldstücke die Mühe gemacht habt, uns wieder hierher zu schleppen. Diese Prinzipiennummer muß doch mehr bedeuten, als ich bisher immer gedacht habe.«

»Hmmm ... kann ich dich mal kurz sprechen, Partner?« sagte Aahz und legte den Hammer beiseite.

»Das wollte ich dich auch gerade fragen«, gab ich zu und schritt in den gegenüberliegenden Teil des Raums.

Als wir allein waren, starrten wir einander an, ohne daß einer von uns als erster das Wort ergreifen mochte.

»Du bist nie dazu gekommen, Hay-ner danach zu fragen, um welche Summe es eigentlich ging, was?« seufzte Aahz zerstreut.

»Das war der finanzielle Teil der Verhandlungen,

und ich dachte, den hättest du bereits erledigt«, murmelte ich. »Lustig, daß wir beide die ganze Zeit dagestanden und jedes Wort mitbekommen haben, ohne daß uns dieses Versäumnis aufgefallen ist.«

»Sehr lustig, ja. Ich sterbe fast vor Lachen.« Mein Partner schnitt eine Grimasse.

»Warte erst mal, wie du lachen wirst, wenn sich die Sache herumsprechen sollte«, warnte ich. »Ich bin dafür, daß wir ihnen das Geld geben, um sich freizukaufen. Das gefällt mir zwar gar nicht, aber ich sehe keine andere Möglichkeit um zu verhindern, daß die Geschichte publik wird.«

»Einverstanden.« Aahz nickte. »Aber laß mich die Sache in die Hand nehmen. Wenn Matt, diese Ratte, Wind davon bekommt, daß die ganze Geschichte nur ein Irrtum unsererseits war, dann preßt er uns wahrscheinlich bis auf den letzten Blutstropfen aus.«

»In Ordnung«, stimmte ich ihm zu.

Mit diesen Worten machten wir, die beiden begehrtesten, höchstbezahlten Magier im Bazar, kehrt, um uns unseren Schützlingen zu widmen, einmal mehr daran erinnert, weshalb Bescheidenheit den wahren Kern der Größe ausmacht.